Luisa Valenzuela

THE CENSORS

with translations by
Hortense Carpentier, J. Jorge Castello,
Helen Lane, Christopher Leland,
Margaret Sayers Peden, and David Unger

CURBSTONE PRESS

Cover graphic: detail from a woodcut by Naúl Ojeda
Cover design by Stone Graphics
Printed in the U.S. by Princeton University Press

Curbstone Press is a 501(c)(3) nonprofit literary arts
organization whose operations are supported in part by
private donations and by grants from the ADCO Foundation,
the Connecticut Commission on the Arts, the Andrew W.
Mellon Foundation, the National Endowment for the Arts,
and the Plumsock Fund.

ISBN: 0-915306-12-3
Library of Congress number: 91-58995

distributed by
InBook
Box 120261
East Haven, CT 06512

published by
CURBSTONE PRESS
321 Jackson Street
Willimantic, CT 06226

Contents

The Attainment of Knowledge/Para alcanzar el conocimiento

The Place of its Quietude/El lugar de su quietud

THE CENSORS

LOS CENSORES

LOS MEJOR CALZADOS

Invasión de mendigos pero queda un consuelo: a ninguno le
faltan zapatos, zapatos sobran. Eso sí, en ciertas oportunidades
hay que quitárselo a alguna pierna descuartizada que se
encuentra entre los matorrales y sólo sirve para calzar a un
rengo. Pero esto no ocurre a menudo, en general se encuentra el
cadáver completito con los dos zapatos intactos. En cambio las
ropas sí están inutilizadas. Suelen presentar orificios de bala y
manchas de sangre, o han sido desgarradas a latigazos, o la
picana eléctrica les ha dejado unas quemaduras muy feas y
difíciles de ocultar. Por eso no contamos con la ropa, pero los
zapatos vienen chiche. Y en general se trata de buenos zapatos
que han sufrido poco uso porque a sus propietarios no se les
deja llegar demasiado lejos en la vida. Apenas asoman la
cabeza, apenas piensan (y el pensar no deteriora los zapatos)
ya está todo cantado y les basta con dar unos pocos pasos para
que ellos les tronchen la carrera.

Es decir que zapatos encontramos, y como no siempre son
del número que se necesita, hemos instalado en un baldío del
Bajo un puestito de canje. Cobramos muy contados pesos por el
servicio: a un mendigo no se le puede pedir mucho pero sí que
contribuya a pagar la yerba mate y algún bizcochito de grasa.
Sólo ganamos dinero de verdad cuando por fin se logra alguna
venta. A veces los familiares de los muertos, enterados vaya uno
a saber cómo de nuestra existencia, se llegan hasta nosotros

THE BEST SHOD

An invasion of beggars, but there's one consolation: no one lacks shoes, there are more than enough shoes to go around. Sometimes, it's true, a shoe has to be taken off some severed leg found in the underbrush, and it's of no use except to somebody with only one good leg. But this doesn't happen very often, usually corpses are found with both shoes intact. Their clothing on the other hand isn't usable. Ordinarily it has bullet holes, bloodstains, or is torn apart, or an electric cattle prod has left burns that are ugly and difficult to hide. So we don't count on the clothes, but the shoes are like new. Generally they're good, they haven't had much wear because their owners haven't been allowed to get very far in life. They poke out their heads, they start thinking (thinking doesn't wear out shoes), and after just a few steps their career is cut off.

That is to say, we find shoes, and since they're not always the size we need, we've set up a little exchange post in a vacant lot downtown. We charge only a few pesos for the service: you can't ask much from a beggar, but even so it does help to pay for maté and some biscuits. We earn real money only when we manage to have a real sale. Sometimes the families of the dead people, who've heard of us heaven knows how, ask us to sell

para rogarnos que les vendamos los zapatos del finado si es que los tenemos. Los zapatos son lo único que pueden enterrar, los pobres, porque claro, jamás les permitirán llevarse el cuerpo.

Es realmente lamentable que un buen par de zapatos salga de circulación, pero de algo tenemos que vivir también nosotros y además no podemos negarnos a una obra de bien. El nuestro es un verdadero apostolado y así lo entiende la policía que nunca nos molesta mientras merodeamos por baldíos, zanjones, descampados, bosquecitos y demás rincones donde se puede ocultar algún cadáver. Bien sabe la policía que es gracias a nosotros que esta ciudad puede jactarse de ser la de los mendigos mejores calzados del mundo.

them the dead man's shoes if we have them. The shoes are the only thing that they can bury, poor things, because naturally the authorities would never let them have the body.

It's too bad that a good pair of shoes drops out of circulation, but we have to live and we can't refuse to work for a good cause. Ours is a true apostolate and that's what the police think, too, so they never bother us as we search about in vacant lots, sewer conduits, fallow fields, thickets, and other nooks and crannies where a corpse may be hidden. The police are well aware that, thanks to us, this city can boast of being the one with the best-shod beggars in the world.

tr. Helen Lane

EL CUSTODIO BLANCANIEVES

Al fondo, detrás de un vidrio, están las plantas como en una enorme caja. Y aquí delante, también en una caja de vidrio (blindado) está el custodio. Tiene algo en común con las plantas, un cierto secreto que le viene de la tierra. Y entre una y otra jaula de vidrio se esmeran los jóvenes subgerentes envejecidos, tan atildados con sus impecables trajes y su sonrisa exacta. Es verdad que son menos circunspectos que el custodio pero, como jóvenes subgerentes de empresa financiera, no están adiestrados para matar y eso los redime un poco. No demasiado. Apenas lo necesario para concederles la gracia de imaginarlos —como los suele imaginar nuestro custodio— haciendo el amor sobre la alfombra. Al unísono, eso sí, al compás sincopado de las calculadoras electrónicas. Debajo de ellos, las secretarias son también tristemente hermosas, casi siempre de ojos claros, y el custodio las contempla no sin cierta lujuria y piensa que los subgerentes rubios —casi todos también de ojos acuosos— están en mejores condiciones que él para seducir a las jóvenes secretarias. Sólo que él tiene la Parabellum y tiene también —ocultos en su maletín de ejecutivo— una mira telescópica y un silenciador de la mejor fabricación extranjera. En un bolsillo interior del saco lleva el permiso para portar armas, el carnet que lo acredita como guardián de la ley. En el otro bolsillo vaya uno a saber qué lleva, ni él mismo suele querer averiguarlo: una vez encontró un lápiz de labios y se manchó las manos de rojo como si fuera

THE SNOW WHITE WATCHMAN

In the back, behind glass, there are flowers and ferns like in a huge box. And here in front, also in a glass box (bulletproof), is the security guard, who has something in common with the plants, a certain secret that comes to him from the earth. And between one glass cage and the other, the young, prematurely aged junior executives, so elegant in their impeccable suits and precise smiles. It is true that they are rather less aloof than the guard, but, as young junior executives of a financial institution, they are not trained to kill and this makes them a bit less circumspect. Not too much. Hardly enough to allow others the freedom of imagining themselves—as our security guard is wont to—making love on the carpet. In unison, mind you, with the syncopated rhythm of the electronic calculators. Beneath them, the secretaries are somehow sadly beautiful, nearly all of them light-eyed, and the guard contemplates them with more than a bit of lust and thinks that those blond junior executives—nearly all of them limpid-eyed as well—are in a better position than he to seduce the young secretaries. Except that he has a gun and also—hidden in a briefcase—a telescopic sight and a silencer of the best foreign manufacture. In one inside pocket of his jacket he has his permit to carry weapons, the license that accredits him as a guardian of public order. In the other pocket, who knows what he carries; he doesn't really want to know himself: once he found a lipstick and ended up getting red stains that looked like blood all over

sangre, otra vez encontró semillas, no identificadas; en cierta oportunidad se perdió en las pelusas del bolsillo entre hebras de tabaco y otras yerbas, y ahora ya no quiere ni pensar en ese bolsillo mientras vigila a los clientes que entran y salen de las vastas oficinas. Sabe que los subgerentes puede que tengan los ojos claros, pero la caja de vidrio de él tiene tres ojos redondos (uno por cada lado útil, el cuarto está adosado a la pared) y son ojos más extraños, para no decir más prácticos y eventualmente más letales. Por allí puede disparar a quien se lo busque y desde allí puede sentirse seguro: esa caja es su madre y lo contiene.

Desde su caja de vidrio ve desfilar a los seres más absurdos, con cara de enanos, por ejemplo, o mujeres de formas que contrarían todas las leyes de la estética y niñitas de pelo teñido color amarillo huevo. Por momentos nuestro custodio piensa que la empresa los contrata para hacer resaltar la belleza física de sus empleados, pero muy pronto descarta esa loca idea: se trata de una empresa financiera, hecha para ganar dinero, no para gastarlo en proyectos absurdos.

Y él ¿para qué está allí? Está para defender la plata y estaría para regar las plantas si sólo se lo permitieran.

Le vendría bien poder pasarse de vez en cuando a la otra caja de vidrio, la del fondo; es bastante más amplia que la suya aunque no esté blindada, tiene más aire, y el paso de la plata a las plantas es sólo cuestión de una única letra. Un paso que a él lo haría tan feliz, sobre todo porque la plata es de otros, no será nunca suya, y en cambio las plantas no pertenecen a nadie. Tienen vida propia y él podría regarlas, acariciarlas, hasta hablarles bajito como si fueran un perro amigo, como aquel tipo que se pasaba los días cuidando a los suyos con la mayor ternura y era un perro de presa y una planta carnívora. Él no necesita tanto amar para matar a otros, no necesita siquiera tenerle un cierto afecto a la gente de esa oficina aunque esté allí para defenderlos, para jugarse la vida por ellos. Sólo que allí nunca pasa nada: nadie entra con aire amenazador ni intenta

his hands. Another time, it was seeds, unidentifiable ones. On one occasion, his hand just seemed to get lost in his pocket lint, among crumbs of tobacco and some other kind of leaves, and now he prefers not to think at all about that pocket while he stands guard over the clients who come and go from the vast offices. He knows that the junior executives may have light eyes, but his glass case has three round eyes (one on each exposed side; the fourth rests against a wall) and they're much more unusual, not to mention more practical and ultimately lethal. From there, he can shoot whoever asks for it and feel secure: this box is his mother and it bears him.

From his glass box, he watches the most whimsical people go by: those with the faces of dwarfs, for example, or women whose shapes violate all laws of aesthetics, or little girls with hair dyed the color of egg yolks. There are times our guard thinks the Company must have these people on contract in order to highlight the physical beauty of the employees, but he always dismisses the idea: this is a financial institution, which exists to make money, not to waste it on outlandish schemes.

And he? What is he there for? He's there to protect the money. And to water the plants, if they would let him.

If only he could go over to that other box from time to time, the one in the back. It is much larger than his, even if it's not bulletproof, it is airier, and the step from watching over the bread to watching over the flower isn't that great if you're liberal with your puns. It's a step that would make him very happy, especially since all the money belongs to others—it can never be his—while the plants belong to no one in particular. They have their own lives, and he could water them, fondle them, even talk to them softly as if they were a friendly dog, like that fellow who spent his days taking care of his own with the greatest tenderness—a wolfdog and a carnivorous plant. He doesn't have to love that much in order to kill people. He doesn't even have to care about the office workers, although he is there to defend them, to lay down his life for them. Except

15

un asalto. A veces algún paquete sospechoso sobre un asiento le llama la atención, pero enseguida vuelve la persona que se lo había dejado olvidado y se aleja lo más campante con el paquete de marras bajo el brazo. Por lo tanto, suponiendo que hubiera habido una bomba en el paquete, estallará lejos de las sacrosantas oficinas. Y su deber tan sólo consiste en defender la empresa, no la ciudad entera y menos aún el universo. Su deber es simplemente ése: actuar en la defensa y no en la línea de ataque, aunque si tuviera dos dedos de frente sabría que el presunto agresor puede muy bien ser uno de los suyos (un hombre como él, sin ir más lejos) y no algo ajeno como puede serlo la caja de caudales. Pero bien cara les va a costar mi vida, se dice a menudo repitiendo la frase tantas veces oída durante el adiestramiento, sin darse cuenta de que todo mortal piensa lo mismo, con o sin permiso de la ley (una vida no es cosa que se regale así no más, y menos la propia vida, pero él tiene licencia para matar y se siente tranquilo). Por eso duerme plácidamente por las noches cuando no está de guardia, y a veces sueña con las plantitas del fondo. Eso, claro, cuando no le toca soñar con las bellas secretarias desnudas, algo acartonadas ellas pero siempre excitantes. Sueños que son más bien de vigilia, ensoñaciones donde bellos y bellas de la empresa financiera se revuelcan desnudos sobre la alfombra que silencia sus movimientos. La alfombra como silenciador. Él también, allí en su caja de cristal —Blancanieves, ¡la pucha!— tiene una pistola con silenciador y además se mantiene silencioso como una planta. Vegetal, casi. Silencioso él en su jaula de vidrio acariciando su silenciador mientras imagina a los de afuera en posiciones del todo reñidas con las buenas costumbres.

Y hélo ahí, sumido en sus ensoñaciones, defendiendo con toda su humanidad lo que no le pertenece para nada. Ni remotamente. Una perfecta vida de cretino. ¿Defendiendo qué?: la caja fuerte, el honor de las secretarias, el aire seguro de gerentes, subgerentes y demás empleados (su atildada

nothing ever happens: nobody menacing ever walks in, nobody attempts a robbery. Sometimes a suspicious package on a bench attracts his attention, but the person who forgot it returns immediately and goes off cheerfully with the misplaced package under his arm. So, if there is a bomb in the package, it will blow up far from the sacrosanct office. And a security guard's duty is to defend the Company, not the entire city, much less the universe. His duty is merely that: act in defense, never in attack, although if he had half a brain he would know the possible aggressor might well be one of his own kind and not something utterly alien to him, like the safe.

But my life won't come cheap, he says to himself sometimes, repeating the phrase so often heard during training, without realizing that every mortal thinks the same thing, with or without the law's permission (life is not something to be given up just like that, much less one's own life, but he has a license to kill and feels at ease). So he sleeps peacefully at night when not on duty, and he sometimes dreams of those plants in the back, when he's not dreaming about the pretty, naked secretaries, a bit stiff, but always exciting. Dreams that are really daydreams, fantasies in which the Company's handsome employees entwine naked on the carpet which muffles the sound of their movements. The carpet as silencer. There in his crystal box— Snow White, goddammit!—he too has a pistol with a silencer and also stands silent as a plant. Almost vegetable, really. Silent there in his glass cage, caressing his silencer while he imagines those outside in positions completely beyond the limits of respectability.

So there he is, summed up in his fantasies, defending with his very humanity what doesn't in the least belong to him. Not even remotely. A perfectly moronic life. Defending what? The vault, the honor of the secretaries, that secure air of the executives, junior executives, and the rest of the employees

presencia). Defendiendo a los clientes. Defendiendo la guita que es de otros.

Esa idea se le ocurrió un buen día, al día siguiente la olvidó, la recordó a la semana y después poco a poco la idea se le fue instalando para siempre en la cabeza. Un toque de humanidad después de todo, una chispa de idea. Algo que le fue naciendo calentito como su cariño por las plantas del fondo. Algo que se llamaba bronca.

Empezó a ir a su trabajo arrastrando los pies, ya no se sintió tan hombre. No soñó más ante el espejo que su oficio era oficio de valientes.

¡Qué revelación el día cuando supo (muy adentro, en esa zona de sí mismo cuya existencia ni siquiera sospechaba) que su tal oficio de valientes era oficio de boludos! Que los cojones bien puestos no son necesariamente los puestos en defensa de otros. Fue como si le hubieran dado el célebre beso sobre la frente dormida como si lo hubieran despertado. Iluminado.

Cosas todas éstas que le era imposible transmitir a sus jefes. Claro que estaba acostumbrado a callarse la boca, a mantener para sí como un tesoro los pocos sentimientos que le iban aflorando a lo largo de su vida. No muchos sentimientos, escasa noción de que algo transcurría en él a pesar de él mismo. Y había soportado sin proferir palabra ese largo curso sobre torturas en carne propia llamado adiestramiento: no era entonces cuestión de sentarse a hablar —y sentarse ¿desde cuándo se ha visto, frente a sus superiores?—, a hablar exponiendo dudas o presentando quejas. Fue así como poco a poco empezó a nutrir una bronca por demás esclarecedora y pudo pasar las tardes de pie dentro de su jaula de vidrio ocupando sus pensamientos en algo más concreto que las ensoñaciones eróticas. Dejó de imaginar a los jóvenes subgerentes revolcándose con las secretarias sobre la mullida alfombra y empezó a verlos tal cual eran, desempeñando sus tareas específicas. Un ir y venir en silencioso respeto, un astutísimo manejo de dinero, de las acciones, los bonos, las

(their elegant presence). Defending the customers. Defending other people's dough.

That thought occurred to him one fine day. The following day, he forgot it. A week later, he remembered, and after that, little by little, it rooted itself ever more firmly in his brain. A touch of humanity after all, the spark of an idea. Something that was being born, warm as his fondness for those plants in the back. Something called resentment.

He began to go to work dragging his feet. Now he didn't feel like such a big man any more. He no longer dreamt there in front of the mirror that his was a calling only for the brave.

What a revelation, the day he knew (deep inside, in a place he never realized existed) that his calling for the brave was a calling for dipshits, that showing you had balls didn't necessarily mean putting them on the line in defense of others. It was as if someone had given him the famous kiss on his sleeping forehead, as if he had awakened, illuminated.

These were all things impossible to communicate to his superiors. But he was used to keeping his mouth shut, to keeping to himself like a treasure those limited feelings that had grown slowly inside him over the course of his life. Not many— merely vague notions that things were going on within him in spite of himself. And having endured without a word that extensive bodily torment called training, how could he sit down now with his superiors—and who could dream of sitting in their presence?—and expound on his doubts or voice his complaints.

So it was that, little by little, he began to nurse a clarifying resentment. He now spent entire afternoons in his glass case concentrating on something more concrete than his erotic fantasies. He stopped imagining the young executives rolling around with the secretaries on the carpet and began to see them for what they really were, each one fulfilling his specific duties. Coming and going in respectful silence, astutely manipulating

letras de cambio, las divisas. Y todos ellos tan insultantemente jóvenes, atractivos.

Fue bueno durante meses despojar a esos cuerpos de todos sus fantasmas y verlos tan sólo en sus funciones puramente laborales. Nuestro custodio se volvió realista, sistemático. Dio en salir de la jaula y pasear su elástica figura por los salones sembrados de escritorios, empezó a cambiar algunas frases con los empleados más accesibles, sonrió a las secretarias, charló largo rato con uno de los corredores de la bolsa. Intimó con el portero. Llegó a mencionarle a algunos su atracción por las plantas y cierta vez que las notó mustias pidió permiso para regarlas después de hora. Al cerrar las oficinas lo empezaron a dejar a él atendiendo las plantas, fumigándolas, limpiándolas de hollín para que pudieran respirar a gusto.

Cierto atardecer llevó su pasión al extremo de quedarse dos horas mateando plácidamente entre las plantas. El guardián nocturno no pudo menos que comentarlo con sus superiores y todos temieron que el custodio se estuviera haciendo poeta, cosa por demás nociva en un trabajo como el suyo. Pero no había que temer tamaño deterioro: su vigilancia la cumplía a conciencia y se mostraba por demás activo en sus horas de guardia sin dejar escapar detalle alguno. Hasta llegó a frustrar un peligroso asalto gracias a sus rapidísimos reflejos y a un olfato que le valió el aplauso de sus jefes. El supo recibir con suma dignidad la recompensa, consciente de que no había hecho más que cuidar sus propios intereses. Sus superiores jerárquicos y también los directivos de la empresa presentes en la sencilla ceremonia entendieron la humildad del custodio como un sentimiento noble, una satisfacción verdadera por el deber cumplido. Duplicaron entonces el monto de la recompensa y se retiraron tranquilos a sus respectivos hogares sabiendo que la empresa financiera gozaba de una vigilancia inmejorable.

Gracias a la doble bonificación, el custodio pudo equiparse a gusto y sólo necesitó poner en práctica la paciencia aprendida

money, shares, bonds, letters of credit, foreign currency. And they were all so insultingly young, attractive.

It was good for a few months to strip those bodies of all their auras and see them solely in their function as workers. Our security guard became realistic, systematic. He began to come out of his cage and stroll through those rooms seeded with desks; he started to exchange a few words with the more accessible employees; he smiled at the secretaries, had long chats with one of the brokers from the stock exchange. He became an intimate of the doorman. He got around to mentioning to a few of them his fondness for the plants and, at some point when he noticed they were a bit withered, asked if he might water them after hours. Locking up, the others got accustomed to leaving him behind, taking care of the plants— spraying them, dusting the soot off them so they could breathe better.

One evening he gave full rein to his passion and spent two hours among the plants, sipping maté. The night watchman felt he had no choice but to mention the incident to his superiors, and everyone was afraid that the security guard was turning into a poet, most certainly deleterious to someone in his line of work. But there was no reason to fear. His vigilance was as conscientious as ever, and indeed, he showed himself quite active in his hours on duty. He even foiled a dangerous robbery thanks to his fast reflexes and intuition, something his bosses all praised. He knew how to accept his reward with absolute dignity, aware he had done nothing more than protect his own interests. His superiors in security and the Company directors in attendance at the simple ceremony saw the guard's humility as a noble sentiment, a real satisfaction at duty fulfilled. They doubled his reward then and there, and returned to their respective homes with the calming assurance that the financial institution enjoyed absolutely unbeatable security.

Thanks to the doubled reward, the guard outfitted himself as he needed and had only to wait, putting into practice the

de las plantas. Cuando por fin consideró llegado el momento de dar el golpe, lo hizo con una limpieza tal que fue imposible seguirle el rastro y dar con su paradero. Es decir que a los ojos de los demás logró realizar su viejo sueño. Es decir que se lo tragó la tierra.

patience he had learned from the plants. When finally he felt the moment had arrived, he struck with such efficiency that it was impossible to follow his trail or discover his whereabouts. That is, in the eyes of the others, he achieved his old dream: the earth swallowed him up.

tr. Christopher Leland

LOS CENSORES

¡Pobre Juan! Aquel día lo agarraron con la guardia baja y no pudo darse cuenta de que lo que él creyó ser un guiño de la suerte era en cambio un maldito llamado de la fatalidad. Esas cosas pasan en cuanto uno se descuida, y así como me oyen uno se descuida tan pero tan a menudo. Juancito dejó que se le viera encima la alegría —sentimiento por demás perturbador— cuando por un conducto inconfesable le llegó la nueva dirección de Mariana, ahora en París, y pudo creer así que ella no lo había olvidado. Entonces se sentó ante la mesa sin pensarlo dos veces y escribió una carta. *La* carta. Esa misma que ahora le impide concentrarse en su trabajo durante el día y no lo deja dormir cuando llega la noche (¿qué habrá puesto en esa carta, qué habrá quedado adherido a esa hoja de papel que le envió a Mariana?).

Juan sabe que no va a haber problema con el texto, que el texto es irreprochable, inocuo. Pero ¿y lo otro? Sabe también que a las cartas las auscultan, las huelen, las palpan, las leen entre líneas y en sus menores signos de puntuación, hasta en las manchitas involuntarias. Sabe que las cartas pasan de mano en mano por las vastas oficinas de censura, que son sometidas a todo tipo de pruebas y pocas son por fin las que pasan los exámenes y pueden continuar camino. Es por lo general cuestión de meses, de años si la cosa se complica, largo tiempo durante el cual está en suspenso la libertad y hasta quizá la vida no sólo del remitente sino también del destinatario. Y eso es lo

THE CENSORS

Poor Juan! One day they caught him with his guard down before he could even realize that what he had taken to be a stroke of luck was really one of fate's dirty tricks. These things happen the minute you're careless, as one often is. Juancito let happiness—a feeling you can't trust—get the better of him when he received from a confidential source Mariana's new address in Paris and knew that she hadn't forgotten him. Without thinking twice, he sat down at his table and wrote her a letter. *The* letter. The same one that now keeps his mind off his job during the day and won't let him sleep at night (what had he scrawled, what had he put on that sheet of paper he sent to Mariana?).

Juan knows there won't be a problem with the letter's contents, that it's irreproachable, harmless. But what about the rest? He knows that they examine, sniff, feel, and read between the lines of each and every letter, and check its tiniest comma and most accidental stain. He knows that all letters pass from hand to hand and go through all sorts of tests in the huge censorship offices and that, in the end, very few continue on their way. Usually it takes months, even years, if there aren't any snags; all this time the freedom, maybe even the life, of both

que lo tiene sumido a nuestro Juan en la más profunda de las desolaciones: la idea de que a Mariana, en París, llegue a sucederle algo por culpa de él. Nada menos que a Mariana que debe de sentirse tan segura, tan tranquila allí donde siempre soñó vivir. Pero él sabe que los Comandos Secretos de Censura actuan en todas partes del mundo y gozan de un importante descuento en el transporte aéreo; por lo tanto nada les impide llegarse hasta el oscuro barrio de París, secuestrar a Mariana y volver a casita convencidos de a su noble misión en esta tierra.

Entonces hay que ganarles de mano, entonces hay que hacer lo que hacen todos: tratar de sabotear el mecanismo, de ponerle en los engranajes unos granos de arena, es decir ir a las fuentes del problema para tratar de contenerlo.

Fue con ese sano propósito con que Juan, como tantos, se postuló para censor. No por vocación como unos pocos ni por carencia de trabajo como otros, no. Se postuló simplemente para tratar de interceptar su propia carta, idea para nada novedosa pero consoladora. Y lo incorporaron de inmediato porque cada día hacen falta más censores y no es cuestión de andarse con melindres pidiendo antecedentes.

En los altos mandos de la Censura no podían ignorar el motivo secreto que tendría más de uno para querer ingresar a la repartición, pero tampoco estaban en condiciones de ponerse demasiado estrictos y total ¿para qué? Sabían lo difícil que les iba a resultar a esos pobres incautos detectar la carta que buscaban y, en el supuesto caso de lograrlo, ¿qué importancia podían tener una o dos cartas que pasan la barrera frente a todas las otras que el nuevo censor frenaría en pleno vuelo? Fue así como no sin ciertas esperanzas nuestro Juan pudo ingresar en el Departamento de Censura del Ministerio de Comunicaciones.

El edificio, visto desde fuera, tenía un aire festivo a causa de los vidrios ahumados que reflejaban el cielo, aire en total discordancia con el ambiente austero que imperaba dentro. Y poco a poco Juan fue habituándose al clima de concentración que el nuevo trabajo requería, y el saber que estaba haciendo

sender and receiver is in jeopardy. And that's why Juan's so troubled: thinking that something might happen to Mariana because of his letter. Of all people, Mariana, who must finally feel safe there where she always dreamt about living. But he knows that the *Censor's Secret Command* operates all over the world and cashes in on the discount in air fares; there's nothing to stop them from going as far as that obscure Paris neighborhood, kidnapping Mariana, and returning to their cozy homes, certain of having fulfilled their noble mission.

Well, you've got to beat them to the punch, do what every one tries to do: sabotage the machinery, throw sand in its gears, that is to say get to the bottom of the problem to try to stop it.

This was Juan's sound plan when he, along with many others, applied for a censor's job—not because he had a calling like others or needed a job: no, he applied simply to intercept his own letter, an idea none too original but comforting. He was hired immediately, for each day more and more censors are needed and no one would bother to check on his references.

Ulterior motives couldn't be overlooked by the *Censorship Division*, but they needn't be too strict with those who applied. They knew how hard it would be for the poor guys to find the letter they wanted and even if they did, what's a letter or two compared to all the others that the new censor would snap up? That's how Juan managed to join the *Post Office's Censorship Division*, with a certain goal in mind.

The building had a festive air on the outside that contrasted with its inner staidness. Little by little, Juan was absorbed by his job, and he felt at peace since he was doing everything he

todo lo posible por su carta—es decir por Mariana—le evitaba ansiedades. Ni siquiera se preocupó cuando, el primer mes, lo destinaron a la sección K, donde con infinitas precauciones se abren los sobres para comprobar que no encierran explosivo alguno.

Cierto es que a un compañero, al tercer día, una carta le voló la mano derecha y le desfiguró la cara, pero el jefe de sección alegó que había sido mera imprudencia por parte del damnificado y Juan y los demás empleados pudieron seguir trabajando como antes aunque bastante más inquietos. Otro compañero intentó a la hora de salida organizar una huelga para pedir aumento de sueldo por trabajo insalubre pero Juan no se adhirió y después de pensar un rato fue a denunciarlo ante la autoridad para intentar así ganarse un ascenso.

Una vez no crea hábito, se dijo al salir del despacho del jefe, y cuando lo pasaron a la sección J donde se despliegan las cartas con infinitas precauciones para comprobar si encierran polvillos venenosos, sintió que había escalado un peldaño y que por lo tanto podía volver a su sana costumbre de no inmiscuirse en asuntos ajenos.

De la J, gracias a sus méritos, escaló rápidamente posiciones hasta la sección E donde ya el trabajo se hacía más interesante pues se iniciaba la lectura y el análisis del contenido de las cartas. En dicha sección hasta podía abrigar esperanzas de echarle mano a su propia misiva dirigida a Mariana que, a juzgar por el tiempo transcurrido, debería de andar más o menos a esta altura después de una larguísima procesión por otras dependencias.

Poco a poco empezaron a llegar días cuando su trabajo se fue tornando de tal modo absorbente que por momentos se le borraba la noble misión que lo había llevado hasta las oficinas. Días de pasarle tinta roja a largos párrafos, de echar sin piedad muchas cartas al canasto de las condenadas. Días de horror ante las formas sutiles y sibilinas que encontraba la gente para transmitirse mensajes subversivos, días de una

could to retrieve his letter to Mariana. He didn't even worry when, in his first month, he was sent to *Section K* where envelopes are very carefully screened for explosives.

It's true that on the third day a fellow worker had his right hand blown off by a letter, but the division chief claimed it was sheer negligence on the victim's part. Juan and the other employees were allowed to go back to their work, though feeling less secure. After work, one of them tried to organize a strike to demand higher wages for unhealthy work, but Juan didn't join in; after thinking it over, he reported the man to his superiors and thus he got promoted.

You don't form a habit by doing something once, he told himself as he left his boss's office. And when he was transferred to *Section J*, where letters are carefully checked for poison dust, he felt he had climbed a rung in the ladder.

By working hard, he quickly reached *Section* E where the job became more interesting, for he could now read and analyze the letters' contents. Here he could even hope to get hold of his letter to Marianna, which, judging by the time that had elapsed, would have gone through the other sections and was probably floating around in this one.

Soon his work became so absorbing that his noble mission blurred in his mind. Day after day he crossed out whole paragraphs in red ink, pitilessly chucking many letters into the censored basket. These were horrible days when he was shocked by the subtle and conniving ways employed by people to pass on subversive messages; his instincts were so sharp that he found

intuición tan aguzada que tras un simple "el tiempo se ha vuelto inestable" o "los precios siguen por las nubes" detectaba la mano algo vacilante de aquel cuya intención secreta era derrocar al Gobierno.

Tanto celo de su parte le valió un rápido ascenso. No sabemos si lo hizo muy feliz. En la sección B la cantidad de cartas que le llegaba a diario era mínima—muy contadas franqueaban las anteriores barreras—pero en compensación había que leerlas tantas veces, pasarlas bajo la lupa, buscar micropuntos con el microscopio electrónico y afinar tanto el olfato que al volver a su casa por las noches se sentía agotado. Sólo atinaba a recalentarse una sopita, comer alguna fruta y ya se echaba a dormir con la satisfacción del deber cumplido. La que se inquietaba, eso sí, era su santa madre que trataba sin éxito de reencauzarlo por el buen camino. Le decía, aunque no fuera necesariamente cierto: Te llamó Lola, dice que está con las chicas en el bar, que te extrañan, te esperan. Pero Juan no quería saber nada de excesos: todas las distracciones podían hacerle perder la acuidad de sus sentidos y él los necesitaba alertas, agudos, atentos, afinados, para ser perfecto censor y detectar el engaño. La suya era una verdadera labor patria. Abnegada y sublime.

Su canasto de cartas condenadas pronto pasó a ser el más nutrido pero también el más sutil de todo el Departamento de Censura. Estaba a punto ya de sentirse orgulloso de sí mismo, estaba a punto de saber que por fin había encontrado su verdadera senda, cuando llegó a sus manos su propia carta dirigida a Mariana. Como es natural, la condenó sin asco. Como también es natural, no pudo impedir que lo fusilaran al alba, una víctima más de su devoción por el trabajo.

behind a simple "the weather's unsettled" or "prices continue to soar" the wavering hand of someone secretly scheming to overthrow the Government.

His zeal brought him swift promotion. We don't know if this made him happy. Very few letters reached him in *Section B*— only a handful passed the other hurdles—so he read them over and over again, passed them under a magnifying glass, searched for microdots with an electron microscope, and tuned his sense of smell so that he was beat by the time he made it home. He'd barely manage to warm up his soup, eat some fruit, and fall into bed, satisfied with having done his duty. Only his darling mother worried, but she couldn't get him back on the right track. She'd say, though it wasn't always true: Lola called, she's at the bar with the girls, they miss you, they're waiting for you. Or else she'd leave a bottle of red wine on the table. But Juan wouldn't indulge: any distraction could make him lose his edge and the perfect censor had to be alert, keen, attentive, and sharp to nab cheats. He had a truly patriotic task, both self-sacrificing and uplifting.

His basket for censored letters became the best fed as well as the most cunning in the whole *Censorship Division*. He was about to congratulate himself for having finally discovered his true mission, when his letter to Mariana reached his hands. Naturally, he censored it without regret. And just as naturally, he couldn't stop them from executing him the following morning, one more victim of his devotion to his work.

tr. David Unger

CRONICAS DE PUEBLORROJO

I Pocayerba

Llegó a este pueblo de nadie con su atadito al hombro. Estaba harto ya de los pueblos de alguien, los ajenos.

Lo primero que hizo fue escribir su nombre en una roca: una manera como cualquier otra de sentar sus dominios y además de vengarse de la piedra. Bastante lo habían hecho sufrir, las piedras, sobre todo cuando arrojadas por manos desconocidas le daban en plena cara. ¿Culpa de la piedra? No, claro, pero a la piedra la conoce y puede vengarse de ella con confianza, en cambio la mano que la arroja es siempre una mano anónima y entonces ¿qué? manos anónimas hay demasiadas en este mundo aunque pocas sean tan infames como para arrojarle piedras justamente a él, que suele ser tan indiferente.

En este pueblo, por suerte, no manos, no pies, no nada humano, sólo arena roja, piedra roja, pueblo confundido con la montaña y desde años abandonado.

Hola, fue lo primero que le dijo al pueblo en general pero dirigiéndose sobre todo a cierta casa allí a la izquierda, que parecía la más acogedora. O al menos la más íntegra. Paredes de adobe rojo, el color de la tierra, y una absoluta y desenfadada ausencia de techo que le permitía ver las estrellas de la manera más desconocida para él, la menos metafórica. En esa casa largó sus bártulos e instaló sus cuarteles. Es decir que

THE REDTOWN CHRONICLES

I. *Littleherb*

He arrived in this no-man's town shouldering his bundle. He was tired of towns that belonged to someone, to the others.

The first thing he did was write his name on a rock: one way among many to assert himself and avenge himself on stones. They had made him suffer enough—stones, that is—especially when thrown in his face by unknown hands. The stones' fault? No, of course not. But stone he was familiar with and could avenge himself on confidently, whereas the hand that does the throwing is always anonymous. There are too many anonymous hands in the world, though few shameless enough to throw stones at him, usually so unobtrusive.

In this town, luckily, no hands, no feet, nothing human; only red sand, red stone; a town indistinguishable from the mountains and abandoned for years.

"Hello," was the first thing he said to the town in general, but most particularly to one house there on the left, which appeared the coziest. Or at least, the most intact: walls of red stone, the color of the earth, and an absolute, spacious rooflessness that allowed him to see stars in a new, nonmetaphorical way. He dragged his bundle into that new

estiró bien la bolsa de dormir para que no hiciera arrugas y sacó de su atado el calentador y la pava.

Mientras preparaba parsimoniosamente el mate se dijo: Aquí estoy yo. Y nunca estuvo él tanto en sitio alguno como en este pueblo de nadie todo para él solo.

El mate tuvo otro sabor a pesar de estar hecho con la yerba de los pueblos donde lo habían apedreado, y le iba quedando poca. Poca Pocayerba, se llamó a sí mismo, un sonido mucho más agradable que el de su viejo nombre, ahora abandonado para siempre en una roca a la entrada del pueblo.

Desnudo de nombre se sintió mucho mejor, tan sólo Pocayerba como un taparrabos: era andar más liviano, más acorde con el aire del pueblo. Añadió leña al fuego, hizo una gran hoguera dentro de casa y se alegró de que no tuviera techo ni puerta ni cosa alguna que fuera combustible.

A la mañana siguiente iría de recorrida por el pueblo tomando posesión de las cosas poniéndoles carteles. Por eso no echó al fuego las maderas que le parecían más apropiadas, tablones sobre los que podría escribir —por ejemplo— comisaría o cárcel, posada, iglesia o alcaldía.

Pero a la mañana siguiente los primeros rayos de sol aún no lo habían despertado cuando lo despertaron los indios bajados de la alta montaña. Los vio como una mancha de color allí en el pueblo rojo, con sus ponchos con dibujos geométricos. Para dirigirse a él respetuosamente se sacaron el sombrero:

—Disculpe, don, pero acá no puede hacer fuego. No puede haber vida en este pueblo.

—¿Por qué? —les preguntó asombrado. Y le contestaron: Porque es un pueblo muerto. Y él tuvo que entender, quisiera o no quisiera, porque más se negaron a decirle y pegaron media vuelta, dejándolo con esa dulce recomendación que era casi una advertencia.

Pueblo muerto mi abuela, se dijo él sin darse cuenta de que así no más era. Se dijo otras cuantas cosas mientras empezó a ir de puerta en puerta clavando sus carteles con creciente

home and settled in. He unrolled his sleeping bag and pulled out his little burner and kettle.

While he sparingly prepared his maté, he said to himself: "Here I am." And he had never been so very there as in this town that belonged to no one, that was his alone.

The maté had a different flavor, though it was made with the herb from the towns where they had stoned him. He had little left. Littleherb, he called himself, which sounded much sweeter to him than his old name, now abandoned forever on that rock on the outskirts of town.

Stripped of his name, with only Littleherb to cover him like a loincloth, he felt much better—relieved, more in tune with the air of the town. He put more wood on the fire he had built, making a huge blaze inside the house, and he was glad there was neither roof nor door nor anything else combustible around.

Next morning he would make a trip through the town, taking possession of places by putting up signs. With that in mind, he had not burned the wood that seemed most likely to be useful, planks on which he could write (for example) "Sheriff's Office" or "Jail," "Hotel," "Church" or "Town Hall."

But the following day, the sun's first rays hadn't even waked him when the Indians, come down from the highlands, did. He saw them, a stain of color on the red town in their ponchos with geometric designs. To speak with him, they respectfully removed their hats.

"Pardon us, sir, but you can't build a fire here. There can be no life in this town."

"Why not?" he asked, astonished.

And they replied: "Because this is a dead town."

And he had to accept that, whether he liked it or not, because they refused to say anymore and, turning away, left him with that gentle advice that was almost a threat.

"Dead town, my ass," he said to himself. He mumbled a number of other things as he went from door to door nailing up

entusiasmo, como para resucitar al pueblo. Por lo pronto el ruido de la piedra martillando lo hizo vibrar de otra manera y las antiguas paredes de adobe se sacudieron como la cola de un perro agradecido. Después, con casas acarteladas, etiquetadas, fue como si hubiera gente. Panadería, imagínense allí entre las rocas, o almacén de ramos generales y botica. (Cárcel no puso porque le pareció hiriente.)

Pocayerba entraba en cada recinto —algunos más bien del todo destruídos— y cumplía con los gestos del ritual obligado:

—Pase no más, señora, le decía a una brisa. Tenemos los mejores productos de la región, ¿qué va a llevar?

Pueblo muerto, ¡ja! Él, Pocayerba, sabía que Pueblomuerto no, pueblorrojo vital y radiante bajo el rayo de sol. Un poco reseco, eso sí, como la piel de víbora que fue lo único animal que encontró en su largo recorrido por el pueblo. Ni un pajarito, ni una hormiga, nada. Mejor, se dijo, eso quiere decir que no se me meterán arañas en la bolsa de dormir. Pero no era un consuelo encontrarse tan así, sin compañia. Pueblo de nadie ni de nada, sólo de un hilito de agua que corría a lo lejos sin llevar un solo pececito.

Pocayerba contaba con los indios para procurarse un poco de comida pero desde aquel primer día los indios nunca más volvieron a bajar. Sólo a veces, por las noches, Pocayerba creía oír desde lo alto sus voces que le gritaban: pueblo muerto, pueblo muerto. Pero nunca más se aventuraron los indios hasta el valle.

Y Pocayerba, empeñado en resucitar al pueblo, no notaba cómo iba él mismo pareciéndose al pueblo: colorado y reseco. Colorado por el polvo que se le metía en los poros, reseco por ese sol imperdonante. ¡Pobre Pocayerba! Era ya casinada de yerba. Puropalo. Sin embargo con ganas seguía chupeteando del mate cada vez más lavado y así fueron pasando unos días que a él se le hicieron años y supo ser feliz por largos ratos. Supo, es decir que por fin aprendió a estarse quieto contra una pared de adobe permitiéndole a la felicidad invadirlo de a poco. Feliz

his signs with growing enthusiasm, as if he were resuscitating the town. The noise of hammering made the adobe ring in a new way, and the old walls waggled like the tail of a grateful dog. Later, with the houses marked—posted—it was as if there were people around. "Bakery"—just imagine, there among the rocks— "General Store." "Saloon." "Jail" he never put up, it was too painful for him.

Littleherb went into each building—some almost completely in ruins—and went through a private ritual: "Do come in, ma'am," he would say to a passing breeze, "we have the best merchandise in these parts. What was it you were looking for?"

Deadtown. Ha! He, Littleherb, knew it wasn't Deadtown. No! Redtown. Vital, radiant there in the sunshine. A little dry, true. Like the skin of a snake, which was the only animal he had seen during his long wanderings through the town. Not a bird. Not an ant. Nothing. So much the better, he said to himself, no need to worry about spiders crawling into his sleeping bag. But it wasn't very pleasant to find himself like that, with no company at all. A nothing town with nobody in it, only a tiny stream that ran some distance away, without even a fish in the water.

Littleherb was counting on the Indians to help him get a bit of food, but after that first day, they did not come down again. Occasionally, at night, Littleherb thought he heard their voices descending from on high: "Deadtown! Deadtown!" But they did not venture into the valley.

And Littleherb, involved in reviving the town, didn't notice how he was beginning to resemble it: red and dry. Red from the dust that settled into his pores; dry from that unforgiving sun. Poor Littleherb. He was Hardly-any-herb these days. Just stubble. Still and all, he continued drinking his maté, each time a little weaker, and thus passed days that seemed years to him, as he learned to be happy for long periods. He finally came to know how to lean quietly against an adobe wall and allow

mientras contemplaba los distintos tonos de la montaña roja o cuando clavaba nuevos carteles con leyendas fantasiosas: sueñería, arcoisería, burdel de luxe. Feliz mientras avanzaba por las calles requetedesiertas del desierto y ni escuchaba los gritos de pueblo muerto que a veces le lanzaban, o creía que le lanzaban, los de arriba. De todos modos gritos, ¿no?, era cosa indolora; no como las piedras con las que lo atacaban en los pueblos vivos por donde antes había arrastrado su aire angelical tan irritante.

Avanzaba por el pueblo rojo en su afán de colocar carteles y una noche pernoctaba en la alcaldía, otra en el almacén de ramos generales, otra en el burdel o en la panadería. Feliz en cada una de sus noches, feliz en sus días de colocar carteles, una felicidad cada vez más estable y eso que ya estaba quedando sin pintura.

Con el último resto en el tachito dando pasos de baile llegó hasta el confín del pueblo y se encontró frente al vasto terreno sembrado de cruces. Con toda su felicidad acumulada escribió Cementerio y se sentó a esperar. Tranquilamente.

II   Pocayerba y los infieles

Después vino el tiempo cuando los indios intentaron salvarlo a Pocayerba y tan sólo lograron prolongarle la vida. Unos años más, total; poquita cosa en la cuenta general de la montaña.

Pocayerba no agradeció ni nada, dejó que la resignación le lamiera las heridas del alma (indios brutos, aculturados, que ya habían olvidado los secretos de su raza y no sabían cuál era la verdadera realización del ser, la forma más profunda de la entrega).

Lo habían estado observando desde lo alto y sólo se dignaron bajar a buscarlo cuando lo vieron caer después de dos días de guardia ante el viejo cementerio —él tan erguido hasta

happiness slowly to infuse him. Happy while he contemplated the distinct tones of the red mountains or when he put up new and fantastic signs: "Dreamery," "Rainbow Shop," "Bordello deluxe." Happy as he wandered down those deserted desert streets. He didn't even hear the shouts of "dead town" that those up above cast down on him, or he thought they cast down. Shouts, after all, don't hurt, do they? Not like the stones he had been pelted with when he passed through living towns with his irritating, angelic air.

He wandered through the red town posting signs, and one night he slept in the town hall, and the next in the general store, the bordello, or the bakery. Happy each night, happy in his days of sign-posting, a happiness ever more solid, even if he was running out of paint.

Just as the last of his supplies were tap-dancing on the bottom of the basket he carried, he reached the far edge of town and found himself before a vast field sown with crosses. With all his accumulated happiness, he wrote "Cemetery," and sat down to wait. Peacefully.

II. Littleherb and the Infidels

Afterward came the time when the Indians tried to save Littleherb. They succeeded only in prolonging his life a bit, a few years at most, not much reckoned against the mountains.

Littleherb did not thank them, letting resignation lick the wounds of his soul. (Stupid Indians. Completely acculturated, having forgotten the secrets of their race, not knowing what constitutes the final self-realization, the ultimate, most profound surrender.)

They had been watching him from above, and only deigned to go down to him when they saw him fall after two days of standing guard at the old cemetery. Up to then, he had

entonces, dando sombra como un árbol—. Lo fueron a rescatar a pesar de que no aprobaban su forma de perturbar la paz de Pueblomuerto. Cartelitos por todas partes ¿dónde se habrá visto? cartelitos que ellos no podían leer pero que igual le restituían su nombre a cada casa, poniéndola en su lugar. Ya nadie olvidaría: ellos al menos ya no olvidarían, y para recordar mejor —para contarle mejor a las generaciones venideras— bajaron por segunda vez a Pueblomuerto dispuestos a llevarse al hombre hasta la altura. A las moradas del viento donde se habían instalado sus abuelos.

El extraño iba inconsciente y pesó tan poco por la cuesta escarpada. Fue como recuperar algún chivo perdido, animal descarriado: devolverlo a la altura.

En cuanto a Pocayerba, al abrir los ojos lo primero que vio fue un águila y se dijo: Estoy muerto. Si hay vida quiere decir que estoy muerto porque en este pueblo, nada de nada. Cuando oyó voces ya no le quedó la menor duda y a la pregunta de ¿Cómo te llamas? contestó Pocayerba, porque ése era el nombre con el que quería figurar en el registro de almas.

El nombre Pocayerba les sonó familiar a los indios y decidieron que este personaje con ojos de bueno debía ser uno de ellos a pesar de la barba. Le dieron de comer —actividad que Pocayerba había casi olvidado— y lo bañaron, más para sacarle el olor a Pueblomuerto que para higienizarlo.

Después lo llevaron hasta el altar de Pocaspulgas y Pocayerba se vio obligado a enamorarse de la joven shamana. Ella era así: encandilaba con los ojos. Docenas de ojos de lince, sabiamente preparados, dispuestos en forma de arco alrededor del altar. Los ojos le hacían una aureola a Pocaspulgas y Pocayerba no pudo menos que enamorarse de ella, por sus ojos.

Y en cuanto él estuvo más gordito y repuesto se casaron en la mayor intimidad, bendecidos por los vientos.

remained erect, casting shade like a tree. They went to rescue him even though they did not approve of his way of disturbing the peace of Deadtown—little signs all over the place! For what? Signs they couldn't read, but which nonetheless restored its proper name to each building, putting each in its place. Now nobody would forget. They, at least, would not forget, and to better remember—to better recount it all to coming generations—they descended a second time to Deadtown to bear the man to the heights, to those windy plateaus where their grandparents had settled.

The stranger was brought up unconscious, not much of a burden to carry up the craggy slope. It was like rescuing a stray sheep, a lost animal, and returning it to the heights.

When he first opened his eyes, Littleherb saw an eagle fly by and said to himself: "I'm dead. If there's something alive, it must mean I'm dead, because in this town there is absolutely nothing."

When he heard voices, he hadn't the slightest doubt, and when he was asked, "What is your name?" he replied, "Littleherb," since that was how he wanted to appear in the register of souls.

The name Littleherb sounded familiar to the Indians, and they decided this fellow with the kind eyes must be one of them, in spite of his beard. They gave him something to eat—an activity Littleherb had almost forgotten—and bathed him, more to get the stink of Deadtown off him than to clean him up.

After this, they took him to the shrine of Fewfleas, and Littleherb had no choice but to fall in love with the young shaman. She was like that: she had dazzling eyes. Dozens of lynx eyes, cleverly preserved, were arranged in an arc over her altar. The eyes formed a halo around Fewfleas, and Littleherb couldn't help but love her for her eyes.

When he was a bit fatter and somewhat recuperated, they were married most intimately, blessed by the winds.

41

La mansedumbre de Pocayerba —que había alcanzado la felicidad y ya no necesitaba nada— llevó a Pocaspulgas a dejar de hacer honor a su nombre y la convirtió en la mejor de las esposas, detalles ambos que le valieron la pérdida de muchísimos fieles.

A él empezó entonces a crecerle la culpa, a crecerle y crecerle allá arriba en la montaña hasta que la culpa estuvo a punto de mandarlo rodando montaña abajo, de vuelta a Pueblomuerto.

Dio en pasar largas horas sentado frente al precipicio mirando hacia el lugar donde sabía que se alzaba Pueblomuerto, Pueblorrojo, *su* pueblo. Pero era imposible distinguirlo a esa distancia: por su color y consistencia el pueblo estaba integrado al resto de la montaña. Entonces, como sus propios ojos no le bastaban, para ayudarse se llevó hasta el borde del abismo el arco de ojos de lince del altar de Pocaspulgas.

Y por las noches los ojos fueron reflectores diminutos y el pueblo invisible se aclaró con mil luciérnagas. Pocayerba pudo así rescatar con exactitud el lugar donde había bautizado cada casa.

Pocaspulgas, buena esposa al fin, venía a buscarlo cuando se hacía demasiado tarde y por un ratito quedaba extasiada mirando las luciérnagas del pueblo. Un ratito, no más, no fuera cosa de aplaudir abiertamente milagros ajenos.

Sólo que Pocaspulgas no fue la única en extasiarse frente a las lucecitas verdes que los ojos de lince proyectaban sobre Pueblomuerto. Poco a poco toda la tribu supo del milagro y acabó congregándose alrededor de Pocayerba al filo de la montaña.

En las noches de viento, sobre todo, la cosa era bastante impresionante y las luces bailaban allí abajo como si estuvieran vivas.

A veces tenían que retenerlo con fuerza a Pocayerba, que quería largarse barranca abajo para volver a la quieta felicidad

The gentleness of Littleherb—who had achieved happiness and now needed nothing more—made Fewfleas forget some of her divinity and transformed her into the best of wives, two facts that cost her many subjects.

Within Littleherb, meanwhile, guilt began to blossom, growing and growing there high in the mountains till it reached the point that guilt almost sent him tumbling down the slope, back to Deadtown.

He took to spending long hours on the lip of the chasm, looking toward where Deadtown, Redtown, Histown stood. But it was impossible, at that distance, to make it out. Because of its color and materials, it vanished into the landscape. Finally, as his own eyes were insufficient, he brought out to the cliff's edge the arc of lynx eyes from the altar of Fewfleas.

At night, the eyes served as tiny reflectors, and it was as if the invisible town was lit by thousands of fireflies. So Littleherb could locate exactly where he had christened every house.

Fewfleas, good wife to the end, came to fetch him when it got too late, and for a while would stand in wonder at the fireflies of the town. But only for a while. It seemed unwise to openly applaud other people's miracles.

Fewfleas wasn't the only one to wonder at the tiny, green lights that the lynx eyes seemed to project over Deadtown. Little by little, the whole tribe knew about the miracle and ended up gathering around Littleherb on the edge of the mountain.

On windy nights in particular, the scene was quite impressive and the lights below danced as if they were alive.

Sometimes they had to forcefully restrain Littleherb, who wanted to launch himself head over heels to return to that

43

que había conocido en su pueblo de adobe. Pero más que las manos de los indios, lo retenía la voz de Pocaspulgas cuando lo llamaba desde la choza a la hora de la otra felicidad, la móvil.

A fuerza de tener que retenerlo los de la tribu acabaron abrazándolo y por fin venerándolo. Así era Pocayerba: despertaba pasiones sin buscarlas, como el odio de los pueblos aquellos donde le arrojaban piedras.

Pasiones van, pasiones vienen, resultó que aquí arriba los indios se dieron a adorarlo como a un dios llegado de esa región de luces. Y él empezó a sentir que de eso se trataba, que su ascensión no había sido en vano y que de alguna forma inexplicable debía devolverles a los indios de arriba lo que ellos mismos habían olvidado abajo en Pueblomuerto.

III   La segunda fundación de Pueblorrojo

Los indios acabaron escuchando a Pocayerba como a un oráculo. Pocaspulgas le dictaba las frases al oído y a él le bastaba repetirlas con inspiración, agregando al final de cada profecía: —La felicidad está abajo en Pueblorrojo, pueblobello, pueblopueblo.

Pocaspulgas lo pellizcaba disimuladamente para hacerlo callar, temerosa de que los demás descubrieran la superchería, ya que lo único que él deseaba era bajar por lo mal que le sentaba el viento de altura. Pero todos lo miraban con ojos desorbitados y gracias a las luces de Pueblomuerto hasta estaban dispuestos a creerle. Logró, hay que reconocerlo, unas cuantas curas milagrosas por imposición de manos y aconsejó bastante bien a los desorientados. Total, que un venturoso día decidieron emprender el descenso llevándolo a él en una litera rodeado del halo con los ojos de lince. Por delante iban las cabras, como abriendo camino, detrás los puercos y los primeros hombres de la fila eran los que llevaban las jaulas con gallinas (había que reconocer la sabiduría irracional: los

peaceful felicity he had known in his adobe town. But more than the hands of the Indians, the voice of Fewfleas held him there, when she called him from their hut at that hour of a different joy, a moving one.

While restraining Littleherb, the tribe embraced him, and finally came to worship him. That was the way Littleherb was: he awakened passions without wanting to, like the hatred of those people who had thrown stones at him.

Passions come and go. As it turned out, the Indians up above came to adore him as a god from the regions of light. And he himself began to believe that his ascension had not been in vain and that, in some yet unknowable way, he ought to return to the Indians what they had forgotten down in Redtown.

III. *The Second Founding of Redtown*

The Indians eventually took Littleherb for an oracle. Fewfleas dictated the words in his ear, and all he had to do was repeat them with great feeling, appending to each prophecy: "Happiness lies below in Redtown, Beautytown, Towntown."

Fewfleas pinched him subtly to make him shut up, afraid the others might discover the subterfuge, now that the only thing her husband wanted, sickened by the highland winds, was to descend. But everyone looked upon him goggle-eyed, and thanks to the lights of Deadtown, they were even inclined to believe his words. He did work, it must be admitted, a certain number of miraculous cures by the laying on of hands, and he gave good counsel to the confused. In the end, one fine day, the Indians decided to undertake the journey down, bearing him along in a litter crowned with the halo of lynx eyes. First went the goats, as if opening up the road, then the pigs and the first men in the line were the ones carrying cages of chickens. Admittedly, there was wisdom in all this: the animals knew how to choose the best

animales sabían elegir el mejor desfiladero). No fue bajada fácil, no, colgados de las rocas, pero igual iban cantando y tocando la quena mientras saltaban de piedra en piedra y a veces resbalaban hasta el borde mismo del abismo.

Llegaron después de una jornada de marcha agotadora. Llegaron con todos los bártulos y de haberse puesto a observar un poco habrían podido entender el misterio de las célebres luciérnagas: simples destellos en las noches de luna de la pintura fosforescente que Pocayerba había usado sin querer para pintar los carteles. Pero prefirieron no investigar demasiado. Dejar las cosas como estaban. No innovar.

Sólo quedaron en actitud de adoración ante la roca de entrada. Allí brillaba con mayor centelleo lo que intuyeron era el nombre secreto de Pocayerba. En un gesto de verdadero afecto él tomó carbones y agregó: Y Pocaspulgas, y dibujó un corazón flechado. Sin equivocarse, los indios interpretaron el corazón como un signo de buen augurio y entraron al pueblo cantando tan fuerte que las paredes de adobe comenzaron a temblar. Hasta que en una nota aguda las viejas paredes no aguantaron más y se vinieron abajo con estruendo y bruta polvareda.

Al principio cundió el pánico pero luego el desmoronamiento les causó mucha gracia. Pocayerba fue el único de no ver el lado cómico de la cosa: su pobre pueblo reducido a escombros. Y cuando los chicos empezaron a jugar a la guerra con los pedazos de adobe tuvo miedo de recibir una pedrada en la cara como en los malos viejos tiempos. Pero no, no hubo agresiones allí donde todos lo adoraban y al cabo de un tiempo decidió ver el lado positivo del desastre: el pueblo de nadie había sido de él solo y la reconstrucción se haría con piedra, material más bello y resistente que el adobe.

Eligieron el tono de la piedra más apropiado para cada casa, y las de las autoridades fueron rojas y las piedras más sonrosadas se reservaron para las casas de placer. El tono de la casa de ellos fue casi morado y Pocaspulgas empezó a

path. It was not an easy descent. Surely not, hanging from the rocks! But still they went, singing and playing the flute from stone to stone, sometimes slipping right to the edge of the abyss.

They arrived at the end of an exhausting day's travel. They arrived with all their belongings and had they begun to look more closely they would have been able to understand the mystery of the celebrated fireflies—nothing more than the sparkling, on moonlit nights, of the phosphorescent paint Littleherb had happened to use to make the signs. But the Indians chose not to investigate further, to leave things as they were.

They did, however, worship the rock on the outskirts of town. There, boldly writ, was what they intuited to be Littleherb's secret name. In a gesture of real affection, he took a piece of coal and added, "And Fewfleas," and drew a heart with an arrow, which the Indians interpreted as a sign of good omen. They entered the town singing so loudly that the adobe walls began to tremble. Finally, on one particularly high note, the walls tumbled down thunderously in an ugly cloud of dust.

At first panic reigned, but then the collapse gave rise to considerable mirth. Littleherb was the only one who failed to see much comedy in it: his poor town reduced to rubble. And when the children began to play war with shards of adobe, he feared getting hit in the face as in other unfortunate times. But no, there were no attacks here where everyone adored him, and after a while, he decided to see the positive side of the disaster: that no-place town had been his alone; the new town they would build would be of stone, a material more beautiful and resilient than adobe.

They chose the most appropriate color of stone for each house—red for the distinguished and pink for those of pleasure. The house of Littleherb and Fewfleas was nearly crimson and Fewfleas began to recover her various attributes, even the arc of

recuperar lentamente todos sus atributos, hasta el arco de los ojos. Pocayerba se los fue cediendo sin que eso le pesara, como ella se los había cedido en su momento. Descubrió así que mucho más cómodo que el papel de brujo le resultaba el papel de dios vivo pero inoperante.

Tomó la costumbre de ir a sentarse al atardecer sobre la roca que tenía la inscripción de su antiguo nombre. Cara al poniente podía recuperar pedacitos de esa felicidad que había captado en otros tiempos.

Cumplía su rol de dios a las mil maravillas y en todo momento, tanto que llegó a compenetrarse a fondo: para algo había nacido, y sufrido, y meditado, y había estado a punto de entregarse al llegar al cementerio. Nunca más había vuelto al cementerio y ni ganas tenía. Su roca le bastaba. Y era un dios verdadero sentado sobre esa roca con las piernas cruzadas, un suave viento o el quejido del erke le rizaba la barba, tenía ojos tan sabios, sabía de tantas cosas aunque no las dijera.

Alguno de la tribu tenía siempre la honorable misión de alcanzar el mate preparado con hierbas aromáticas. A veces se le tapaba ese extraño instrumento que él llamaba bombilla y entonces hacía ruiditos que todos festejaban. Pero la mayor fiesta se armó un día cuando decidió enseñarles a leer y todos pudieron descifrar por fin el significado de esos carteles que tenían por reliquias.

La veneración llegó al colmo cuando la tribu entera supo leer de corrido. Fue una fecha gloriosa para todos menos para Pocayerba, claro, que vivió ese instante como una maldición porque a partir de entonces tuvo que ponerse a escribir textos cada vez más complejos. Los indios reclamaban a gritos material de lectura y se quejaban amargamente cuando el tema no era de su agrado. Durante más de un año escribió sin descanso mientras los otros se dedicaban a las simples tareas de la tierra, al cuidado de los animales o al trueque con poblaciones distantes. Pobre Pocayerba, ni tiempo le quedaba para ver revivir a su viejo Pueblomuerto, su amado Pueblorrojo,

eyes. Littleherb ceded them to her with no regrets, as she had once ceded them to him. And he found the role of a living but inoperative god much more comfortable than the role of miracle worker.

He took to sitting in the afternoons on the rock inscribed with his old name. Gazing west, he could recapture bits of that happiness he had known before.

He still played—perfectly, constantly—the part of a god, so deeply had he imbibed the idea. It wasn't for nothing that he had been born, suffered, thought, and had come to the point of giving up there by the cemetery. He never returned there, and didn't much want to. His rock was enough. And he was a true god seated cross-legged on that rock, a soft wind or the cry of a bird rustling his beard. He had such wise eyes. He knew so many things, though he never spoke them.

A select member of the tribe had the honor of handing him his maté, made with aromatic herbs. Sometimes the sipper clogged, and as he sipped it made little noises that everyone marveled at. But the greatest marvel occurred the day he decided to teach them all to read, and at last they could decipher the meaning of those signs they revered as relics.

Veneration reached its peak when the entire tribe finally read effortlessly. That was indeed a glorious day for everyone, except for Littleherb, who lived as if cursed because from then on he had to write ever more complicated texts. The Indians loudly demanded new reading material, and complained bitterly when it wasn't to their liking. For more than a year, Littleherb wrote tirelessly while the others went about their simple labors—tilling the earth, tending the animals, or bartering with distant tribes.

Poor Littleherb! He didn't even have time to watch the rebirth of his old Deadtown, his beloved Redtown, so tightly

tan enfrascado estaba en la escritura. Hasta que un día les escribió a los indios su propia historia y la historia del pueblo, y sintiéndose cumplido renunció a los halagos, renunció a ser dios vivo y se entregó a la cómoda situación de sacerdote consorte. Esa misma situación que ahora todos envidiamos mientras nos pasamos el día escribiéndole historias, como éstas.

did writing hem him in. Until the day arrived when he had written for the Indians their entire history and that of their town and, feeling himself fulfilled, he resigned from his task.

He forever renounced being a living god and lapsed into the comfortable role of priest-consort. It's the kind of life we all envy now, as we spend our days writing him stories. Like this one.

tr. Christopher Leland

VACIO ERA EL DE ANTES

Lo bueno de los mediodías grises es el olor a asadito que se escapa de las obras en construcción. Ahora bien, me pregunto qué pondrán los obreros sobre sus parrillas. Antes la cosa era simple: asado de tira, tan sabroso y tan útil para hacer con los huesitos el acabado fino del palier. ¿Y ahora? Nuevos materiales sintéticos han reemplazado a los huesitos tan vistosos, y además siempre hay veda de carne. Pero el olor a asado forma parte indispensable de las obras en construcción y no hay edificio que adelante si no se lo consagra con los vahos de la parrilla.

Las cosas ya no vienen como antes: el acabado fino con mosaico de huesitos ha caído en desuso y los albañiles no trabajan como en otras épocas por culpa de la mala nutrición y de las huelgas. Ahora todos los cucharas y los media cucharas desprecian las obras en barrios populares y tratan de conchabarse por Palermo Chico o en la zona aledaña a Callao y Quintana. Saben que allí la última moda son los ángulos adornados con huesos de bife de costilla, y eso vale más que un doble aguinaldo. Claro que cuando logran, después de paciente espera y de uno que otro empujoncito, ser tomados en alguna de esas obras, la cruda realidad nada tiene de edificante a pesar de tratarse de un edificio en construcción. Es decir que: en esos rascacielos de superlujo nada puede ser librado al azar y entonces una legión de peladores de huesos de bife de costilla se apersona a la hora indicada que es la del mediodía y se

VOID AND VACUUM

The good thing about gray days is the smell of grilled meat coming from construction sites. I wonder what the workers put on their grills nowadays. It used to be simple: spare ribs, so tasty to the palate and the little bones useful for finishing interiors. And today? Synthetic materials have replaced the sightly little bones, and what's more, meat is still forbidden. But the smell of grilled meat constitutes an indispensable part of construction work and no building project goes ahead without the consecration of smoke from the grill.

Things aren't like they used to be: finishing walls with a mosaic of little bones is no longer done and masons don't work the way they once did because of undernourishment and strikes. Today those with fair to middling skills turn up their noses at construction work in blue-collar neighborhoods and try to get hired on jobs in Palermo Chico or the area adjacent to Callao and Quintana. The latest fashion there is corners adorned with T-bones and that means more to them than double pay. Naturally, once they're hired on one of these projects—after waiting patiently and pushing a bit—the crude reality has nothing edifying about it, even though there's a building going up. That is to say: in the luxury skyscrapers nothing can be left to chance, so a legion of bone-cleaners turns up at the proper hour, which is midday, and prepares to (1) devour the

apresta 1°) a devorar los bifes, y 2°) dejar los huesos perfectamente pelados y pulcros, listos para ser colocados sin el consabido tratamiento a la cal viva que deteriora las tonalidades rosadas.

Para ingresar en este equipo de peladores se requiere una dentadura tan perfecta y filosa que pocos pueden ser los elegidos. Cada vez menos, si se tiene en cuenta además la escasez no sólo de bifes de costilla sino también de construcciones de superlujo a partir de los tres últimos desmoronamientos. (No puede decirse que la falla sea imputable a los ángulos de hueso en el hall de entrada o en los salones. El hueso es, como se sabe, el material de construcción más resistente que se encuentra en plaza, si es que se encuentra). (En las altas esferas de la Cámara de la Construcción se habla de conseguir huesos de procedencia ajena al ganado vacuno pero los obreros—aun los de los equipos especializados que fueron elegidos por la agudeza de sus dientes y no por la finura de su paladar— se niegan a limpiarlos). Ya se ha creado una liga de protección al mejor amigo del hombre, que junta fondos por la calle Florida. La preside un grupo conspicuo de obreros de la construcción en defensa de los perros, hasta de los hidrófobos. No se sabe si los impulsan motivos de moral o de simple sabor, sin embargo la Cámara de la Construcción nada puede contra esta campaña a la que ya se han adscripto varias sociedades de damas de beneficencia del barrio norte (el sub-comité Pulgas, con sede en Avellaneda, lucha con creciente fervor por la protección del can y ya ha recibido una medalla del Kennel Club International y otra de la asociación Happy Linyeras con asiento en Nebraska). La Cámara de la Construcción se reúne a diario para tratar esta inesperada consecuencia del desabastecimiento.

En los barrios menos aristocráticos la parálisis de la construcción es imputable más a la falta del olor a asado que al desabastecimiento de huesitos, reemplazables como ya dijimos por sucedáneos plásticos. La ausencia del olor a asado

steaks and (2) pick the bones perfectly clean, so they're ready to be placed on a wall without the usual quicklime treatment that spoils the pink tones.

Such a sharp, perfect set of teeth is required to join this team that few are chosen. Fewer and fewer, since there is a scarcity not only of T-bone steaks but also of luxury buildings under construction after the collapse of the last three. (The defect cannot be attributed to the bone-corners in the entrance hall or in the reception rooms. It's common knowledge that bone is the most resistant construction material found on the market, if in fact it can be found.) High officials in the Building Association are contemplating getting bones from some source other than cows and steers, but the workers—even those from the special teams who were chosen for the sharpness of their teeth and not for the delicacy of their palates—refuse to clean them. A league to protect man's best friend has been formed and is collecting funds along the Calle Florida. It is presided over by an illustrious group of construction workers who are defending all dogs, even rabid ones. It is not known whether they are motivated by ethical considerations or simply by taste. In any case the Building Association can do nothing against this campaign which several ladies' charity committees from the city's northern district have joined. (The Flea Subcommittee, with headquarters in Avellaneda, is fighting with growing fervor for the protection of canines, and has received one medal from the Kennel Club International and another from the Happy Bums Association with headquarters in Nebraska.) The Building Association meets daily to deal with this unexpected result of the short supply of bones.

In less aristocratic districts the paralysis of construction is due more to the lack of the smell of meat grilling than to the short supply of bones, which as we have said are replaceable by plastic materials. The absence of the smell of grilled meat,

y el bajo índice de productividad de los obreros por falta de proteínas son también tema obligado en toda reunión de directorio. Hasta se ha apelado a técnicos extranjeros que estudian el problema desde todos los ángulos. Y precisamente el técnico más imaginativo e informado dio por fin con una solución bien argentina: el vacío. Gracias al vacío y a bajísimo costo (¡costo nulo!) se puede de ahora en adelante engañar el estómago de la masa obrera y sahumar los futuros rascacielos. Por eso digo que es bueno en los días grises, los de mucha niebla, pasar frente a las obras en construcción y percibir el olorcito a asado. En días resplandecientes, no: resulta más bien triste entrever por algún hueco de la tapia las brasas ardiendo bajo las parrillas y sobre las parrillas, nada.

and the low worker productivity resulting from lack of protein, are also obligatory subjects for discussion at meetings of the board of directors. Even foreign technicians have been called in, and they are studying the problem from all angles. But the most imaginative and most skilled specialists finally came up with a very Argentine solution: vacuum packing. Thanks to vacuum packing and the modest cost (zero!), from now on it will be possible to fool the stomachs of the working classes and make future skyscrapers smell good. That is why I say that on gray days, when there is lots of fog, it's good to pass by buildings under construction and smell the pleasant odor of grilled beef. On fine days, it isn't: it's sad to peek through a hole in the wall and see the coals burning under an empty grill.

tr. *Hortense Carpentier & J. Jorge Castello*

LA HISTORIA DE PAPITO

Una pared delgada nos ha separado siempre, por fin sonó la hora de que la pared nos una.

En el ascensor no solía dar un cinco por él, ni en el largo pasillo hasta llegar a nuestras respectivas puertas. Él era esmirriado, cargaba toda la trivialidad de la estación Retiro hasta dentro de la casa: un humo de tren que empañaba los espejos de la entrada, algunos gritos pegados al oído que lo hacían sordo a mis palabras corteses: lindo día, ¿no? O bien: parece que tendremos lluvia. O: este ascensor, cada día más asmático...

Pocas veces él contestaba sí, no, indiscriminadamente, y yo sólo podía barajar los monosílabos y ubicarlos donde más me gustara. De él prefería esa libertad que me daba para organizar nuestros humildes diálogos según mi propia lógica.

(Otra cosa de él no podía gustarme hasta esta noche: sus espaldas caídas, su cara gris sin cara, sus trajes arrugados, su juventud tan poco transparente.) (Esta noche, sin embargo, hubiera debido estirar una mano a través de la pared y obligarlo de una vez por todas a aceptar nuestro encuentro.)

Al fin y al cabo fue culpa de él el estruendo que acabó con mi sueño. Y yo —Julio— creí que era a mi puerta que llamaban y daban de patadas y que abrí hijo e'puta me estaba destinado.

PAPITO'S STORY

A thin wall has always separated us. Now the time has come for the wall to unite us.

I had never paid much attention to him in the elevator, nor when we walked down the long hall leading to our respective apartments. He was self-absorbed, lugging along with him all the trivialities of the daily commute on the train—smoke that steamed up the mirrors of the entry hall, shouted conversations that stuck in his ears and made him deaf to my polite chit-chat: Pretty day, isn't it. Or more likely: Looks like rain. Or: This elevator, it gets more rickety every day.

A few times, he answered—Yes, no, indiscriminately. And I shuffled those monosyllables of his and put them where I pleased. I guess I liked the freedom he gave me to organize our little dialogues according to my own logic.

There are things about him I could not appreciate until tonight: his hunched shoulders, that gray face barely translucent, his wrinkled suits, his waning youth. (Yet tonight I should have put my hand through the wall and made him accept our bond once and for all.)

In the end, he was the one to blame for the uproar that woke me up. And I—Julio—thought they were banging and kicking on my door, and that Open-up-you-son-of-a-bitch was addressed to me. What did the police want with me, I asked

Qué tengo yo que ver con policías, me dije medio dormido palpándome de armas a lo largo y lo ancho del piyama.

Tiramos la puerta abajo, gritaban. Entregate que tenemos rodeada la manzana. Y mi puerta impávida y supe que era al lado y él tan borradito, tan poquita cosa, ofreciéndome de golpe asistir a su instante de gloria y rebeldía.

No pude abrir mi puerta para verles la cara a los azules dopados por el odio. El odio de los que se creen justos es algo que está un paso más allá de la cordura y prefiere ignorarlo.

Me quedé por lo tanto con él de su lado del pasillo y pegué la oreja al tabique para saber si podía acompañarlo y no sé si me alegré al enterarme de que ya estaba acompañado. La voz de la mujer tenía el timbre agudo de la histeria:

—Entregate. Qué va a ser de mí. Entregate.

Y él, tan poquita cosa hasta entonces, ahora agrandado:

—No, no me entrego nada.

—Sí, entregate. Van a tirar la puerta abajo y me van a matar a mí. Nos van a matar a los dos.

—Vamos a joderlos. Nos matamos nosotros antes. Vení, matate conmigo.

—Estás loco, papito, no digas eso. Yo fui buena con vos. Sé bueno ahora conmigo, papito.

Empiezo a toser porque también a mi departamento están entrando los gases lacrimógenos. Corro a abrir la ventana aunque quisiera seguir con la oreja pegada al tabique y quedarme con vos, papito.

Abro la ventana. Es verdad que estás rodeado, papito: montones de policias y un carro de asalto. Todo para vos y vos tan solo.

—Hay una mujer conmigo, déjenla salir —grita papito—. Déjenla salir o empiezo a tirar. Estoy armado —grita papito—.

Bang, grita el revólver de papito para probar que está armado.

Y los canas:

myself half-asleep, searching all up and down my pajamas for a weapon.

We'll smash the door open, they shouted. Give up. We've got the whole block surrounded.

My door, unscathed. And I knew then that they were one apartment over, and that he, so blank, so forgettable, was now offering me his one moment of glory and rebellion.

I couldn't open my door to see the cops' faces, drugged with loathing. The loathing of those who believe they are right is one step beyond reason, and I'd rather not confront it.

So I remained there, and glued my ear to the wall to offer him my company, and I don't know if I was happy to discover that someone was with him already. The woman's voice had the sharp ring of hysteria:

"Give yourself up. What's going to happen to me? Give up."

And he, so forgettable up to now, now gaining stature:

"No. I won't give up."

"Yes. Give yourself up. They'll knock the door down and kill me. They'll kill us both."

"Fuck them. We'll kill ourselves first. Come on. Kill yourself with me."

"You're crazy, Papito. Don't say that. I was good to you. Be good to me now, Papito."

I start to cough, my apartment is filling with tear gas. I run to open a window, though I would like to stay with my ear pressed to the wall—stay with you, Papito.

I open the window. It's true, you're surrounded, Papito. Loads of police and an assault vehicle. All for you, and you so alone.

"There's a woman with me. Let her go," Papito shouts, "let her go or I'll shoot. I'm armed."

Bang! shouts the revolver to prove he is armed.

And the cops:

—Que salga la mujer. Haga salir a la mujer.

Crash, pum, sale la mujer.

No le dice chau papito, ni buena suerte, ni nada. Hay un ninaderío ahí dentro, chez papito... Hasta yo lo oigo y eso que suelo ser muy duro de oídos para lo que no resuene. Oigo el ninaderío que no incluye la respiración de papito, el terror de papito, nada. El terror de papito debe de ser inconmensurable y no me llega en efluvios, qué raro, como me llegan los gases que lo estarán ahogando.

Entréguese, gritan, patean, aúllan de furia. Entréguese. Contamos hasta tres y echamos la puerta abajo y entramos tirando.

Hasta tres, me digo, que poco recuento para la vida de un hombre. Padre, Hijo y Espiritusanto son tres y qué puede hacer papito con una trinidad tan sólo para él y en la que se le va la vida.

Uno, gritan los de afuera creyéndose magnánimos. Fuerza, papito, y él debe de estar corriendo en redondo por un departamento tan chico como el mío y en cada ventana se debe de topar con el ojo invisible de una mira telescópica.

Yo no enciendo las luces por si acaso. Pongo la cara contra la pared y ya estoy con vos, papito, dentro de tu pellejo. Dos, le gritan me gritan y él contesta: no insistan, si tratan de entrar me mato.

Yo casi no oí el tres. El tiro lo tapó todo y las corridas con pies de asombro y la puerta volteada y el silencio.

Un suicida ahí no más, papito, ¿qué me queda ahora a mí al alcance de la mano? Me queda sentarme en el piso con la cabeza sobre mis propias rodillas sin consuelo y esperar que el olor a pólvora se disipe y que tu dedo se afloje en el gatillo.

Tan solo, papito, y conmigo tan cerca.

Después de las carreras, una paz de suceso irremediable. Abrí mi puerta para asomar la nariz, la cabeza, todo el cuerpo, y pude escurrirme al departamento de al lado sin que nadie lo note.

"Let the woman go. Let her come out."

Crash, bang. The woman leaves.

She doesn't say, Bye-bye, Papito, or Good luck, or anything. There's a deafening nothingness in there, *chez* Papito. Even I can hear it, though it's hard to hear things that make no sound. I hear the nothingness and Papito's breathing isn't part of it, nor is his terror, nothing. Papito's terror must be immeasurable, though its waves don't reach me—how strange—as do those of the gas they are using to drown him.

Give up, they shout, kick, howl with fury. Give up. We'll count to three. Then we'll bust the door down and come in shooting.

To three, I say to myself, not much of a countdown for a man's life. Father, Son, and Holy Ghost, that's three, and what can Papito do with a trinity all to himself that ticks his life away?

One, they shout from outside, thinking themselves magnanimous. Be strong, Papito. And he must be running in circles in an apartment cramped as mine, at every window running into the invisible eye of a telescopic sight.

I don't turn on my lights, just in case. I put my cheek against the wall and I am with you, Papito, inside your skin.

Two, they shout at him at me and he answers: Don't try it. If you break in, I'll kill myself.

I almost didn't hear, three. The shot obliterated it and the astonished running feet and the splintering door and the silence.

A suicide right here, Papito. Now what's left for me? Just to sit on the floor with my head on my knees, hopeless, waiting for the smell of powder to vanish and your finger to loosen on the trigger.

So alone, Papito, and with me so nearby.

After all the scrambling, the calm following an irremediable act. I opened my door and poked my nose out, my head, my whole body, and I managed to sneak into the apartment next door without anybody noticing.

Papito poca cosa era un harapo tirado sobre el piso. Lo movieron un poco con el pie, lo cargaron sobre unas angarillas, lo taparon con una manta sucia y se fueron con él camino de la morgue.

Quedó un charco de sangre que había sido papito. Una mancha sublime del color de la vida.

Mi vecino era grande en esa mancha, era importante. Me agaché y le dije:

—Gríteme su nombre y no se inquiete. Puedo conseguirle un buen abogado.

Y no obtuve respuesta, como siempre.

Forgettable Papito little-nothing was a rag tossed on the floor. They nudged him a bit with their boots, trussed him on a stretcher, covered him with a dirty blanket, and headed for the morgue.

A puddle of blood remained that had once been Papito. A sublime stain, the color of life.

In that stain, my neighbor was great. He was important. I leaned down and said to him:

"Shout your name to me and don't be afraid. I can get you a good lawyer."

And I got no answer, as usual.

tr. Christopher Leland

ONE SIREN OR ANOTHER

UNAS Y OTRAS SIRENAS

CARNAVAL CAMPERO

Cuando la Eulalia lo vio salir del tambo camino a la bailanta no pudo contener su desprecio y le gritó ¡Surrealisto! No estaba bien segura de lo que quería decir pero sospechaba que era propiamente eso, algo lleno de colores sin ton ni son como la cacatúa del almacén de ramos generales. Hermenegildo creía haberse disfrazado de cocoliche pero ahora sabía mejor, después del grito de Eulalia, y cuando el cordobés le preguntó de qu' estai disfrazado él le contestó sin falsa modestia: de Surrealisto.

Cruzaron unas cuantas exclamaciones por el camino antes de llegar a la bailanta y una vez allí el Hermenegildo y el cordobés se detuvieron un rato pa'dejarse admirar y también para relojear un poco. No fuera que las mozas anduvieran esquivas esa noche, con tanta humedá y con tanto jején suelto. Jején del que pica y de los otros: los que andan zumbando alrededor de las mozas sin darles respiro; en cuanto las mozas levantan un poquito la cabeza ahí lo tienen al jején como a la orden, siempre dispuesto a menear las tabas con quien no le corresponde.

Disfrazados, pocos. Cada carnaval ocurre lo mismo y el Herme debió de haber sabido pero qué va, la tentación de dar golpe había sido demasiado grande y casi sin pensarlo se había echado encima todos los colorinches que encontró en el rancherío y aura resultaba vestido de surrealisto. Algo sorprendente.

COUNTRY CARNIVAL

When Eulalia saw him leaving the barn, heading toward the dance hall, she couldn't contain her disgust and she shouted after him, "Surrealist!" She wasn't exactly sure what the word meant, but she suspected that it was just right for something all different colors without rhyme or reason like the cockatoo at the general store. Ermenegildo had thought he'd dressed up motley, but now he knew better because of Eulalia, and when his friend asked him what he was dressed as he answered without the slightest hesitation, "A surrealist."

There were more than a few remarks made along the way before they got to the dance hall. Once they were there, Ermenegildo and his friend stopped at the entrance so everyone could have a look at them and so they could scout things out a bit. It wasn't that the girls were skittish that sultry night, so full of bugs. Gnats that sting and of the other kind: the ones who buzz around the girls without letting them catch their breath, to the point that the girls tilt their heads a little, as if those human insects were at their beck and call, ready to shake their bones with whoever was at hand.

Only a few in costume. Every carnival, it was the same, and Erme should have known better but, well, the temptation to make a splash had been too great and almost without thinking he had thrown on every colorful rag he could find in the shack, and he'd ended up dressed like a surrealist. Pretty surprising.

En la pista ya empezaban a levantar polvareda y ellos seguían relojeando, sin ganas de pagar la entrada si después debían quedar pa'adorno. Las mozas cada vez más estrechas y uno se preguntaba a qué iban al baile, porque cuando algún pobre infeliz las cabeceaba ellas se hacían las desentendidas y el infeliz quedaba después contrito en el fondo del tinglado, orejas gachas como perro recién rescatao del pozo. Claro que el infeliz seguía dentro del pozo, no más, ese agujero grande que se cava alrededor de uno cuando uno anda solo. Triste circunstancia, amigo, pero el Herme vestido de todos los colores no podía en absoluto andar triste ni orejicáido ni nada. Tenía que irrumpir en la bailanta con la cabeza en alto sosteniendo su gorro y también el orgullo de ser uno de los pocos disfrazados del lugar. Por eso entró riendo a la pista, cosa que pareció gustarle a las chinitas. También les gustó verlo de todos los colores como la cacatúa, brillante en medio de los patéticos parduscos de sombrero negro y pañuelo al cuello.

Las mozas rieron, Hermenegildo rió más fuerte, la Eulalia allá en el tambo bien podía morderse los codos de despecho. Las mozas reían con él, no de él como otra que conocemos, y el Herme aprovechó la volada para cabecearla a la más esquiva de todas que de tan esquiva parecía modosita. Ella aceptó su invite ladeando apenas la cabeza y entornando los párpados, pero no se movió del banco. De tres trancos él estuvo a su lado y al empezar la polca como no sabía de qué hablarle le preguntó su nombre:

—Te lo digo si antes me decís de qué estás disfrazado.

—De surrealisto.

—¡Qué importante! ¿Y eso qué es?

—Surrealisto, surrealisto... Es un soldado de otra época, de cuando ser soldado era cosa alegre.

—Y valiente.

—Bueno.

On the dance floor they were beginning to kick up some dust, and the two men went on scouting, disinclined to pay the admission fee if they were only going to end up wallflowers. The girls were getting pickier by the minute and you had to ask yourself why they came to the dance in the first place, because whenever some poor sap nodded to them they acted like they didn't understand and the fellow wound up embarrassed in the back of the shed, droopy-eared as a hound just pulled out of a well. Except, of course, the sap stayed down in the well, that deep hole that shapes itself around somebody who's all alone. A sad state of affairs, my friend, but Erme, dressed in all the colors of the rainbow, simply couldn't be sad or droopy-eared. He had to bust into the dance, his head held high with his cap on top and the pride of being one of the few people in costume in the whole place. So he came laughing onto the floor, something the girls seemed to like, just as they liked seeing him colorful as a cockatoo, shimmering among those pathetic clodhoppers in their black hats with kerchiefs around their necks.

The girls laughed, Ermenegildo laughed louder. If only Eulalia could have seen him, she would die of spite. The girls laughed with him, not at him like somebody else we could mention, and Erme took advantage of this by nodding at the snootiest of all the girls, so snooty she looked prudish. She accepted his invitation by barely tilting her head and raising her eyebrows, but she didn't move from her seat. In a jiffy, he was next to her and, as the polka started, not knowing what to talk to her about, he asked her her name.

"I'll tell you if you'll tell me first, what are you dressed up as?"

"As a surrealist."

"That sounds impressive. What is it?"

"A surrealist? A surrealist... is a soldier from another time, when being a soldier was something merry."

"And brave."

"Of course."

—Y bella.

—Ajá.

—Y cariñosa.

—Si usté lo dice...

Bailaron polca, bailaron chamamé hasta cansarse y él no era de los que se cansan fácil. Ella tampoco. Sudaron mucho en el baile como corresponde, y ella en el entrevero olvidó decirle el nombre pero en una de esas en medio de la noche le dijo:

—Surrealisto, march. Nos vamos pa' las casas.

—¿Pa tu casa?

—Y sí, ¿qué otra? no me iba a dir pa la tuya. Soy niña decente.

Cosa que todo buen surrealisto debe comprender, se dijo el Herme, así que emprendieron camino bajo la luna y a campo traviesa hasta llegar a la guarnición militar.

—¡Alto! ¿Quién vive?, vociferó un autoritario.

—Tu propia hija, contestó Modosita y al Herme por poco le da un paro cardíaco. Más aún cuando el autoritario abrió la tranquera y los empujó dentro.

—¿Y éste qué es?

—Es un Surrealisto, padre.

—Pa mí es un cocoliche.

—No padre se equivoca. Es un Surrealisto, un soldado de cuando ser soldado era cosa alegre, valiente y cariñosa.

—Aura no...

—Aura no, padre. Bien lo sabe usté.

—Pues usté, m'hija, lo que debe saber es que su padre siempre está dispuesto pa'la zurra.

—Este hombre es alegre, padre.

—Ya le voy a dar yo, alegre.

—Este hombre es valiente.

—Valiente. Lo quiero ver.

"And beautiful."

"Uh-huh."

"And tender."

"If you say so..."

They danced the polka; they danced the *chamamé* till they almost dropped, and Erme was not the type that dropped easily. And she wasn't either. They sweated a lot during the dance like you're supposed to, and she, in the meantime, forgot to tell him her name. But during one of the intervals that evening, she said to him.

"Surrealist. Forward march. Let's go home."

"To your house?"

"Of course. Where else? I wouldn't be going to yours. I'm a decent girl."

Something any good surrealist ought to understand, Erme told himself, and so they set out on the road beneath the moon and through the countryside until they got to the army barracks.

"Halt! Who goes there?" A stern voice demanded.

"It's your daughter," Miss Prude replied, and Erme nearly had a heart attack. Even more so when that stern voice opened the gate and pulled them inside.

"And what's this?"

"He's a surrealist, Father."

"Looks like a cockatoo to me."

"No, Father, you're mistaken. He's a surrealist, a soldier from the time when being a soldier was something merry and brave and tender."

"Not these days."

"Not these days, no, Father. You know that very well."

"Well, you, my girl, should know that your father is always up to a good thrashing."

"This man is merry, Father."

"And I'll merrily let him have it."

"This man is brave."

"Brave? This I want to see."

—Y cariñoso.

—¡Eso sí que no se lo voy a permitir!

Y se le fue al humo al Herme con la lonja, no más, y el pobre quedó como cacatúa malparida, desplumada, hecho un puro harapo. De distintos colores, eso sí.

Enfrentados quedaron por fin los dos hombres: al jefe de la guarnición se le había acabado el resuello pero al pobre Hermenegildo se le había ido el alma. El alma del carnaval, al menos, y todo por una moza que no era del todo bonita, tan solo modosa, y también taimada. Lo ridículo de la situación no pudo menos que cosquillarle la nariz y por eso se largó a reír en medio de tanto desatino.

—Un Surrealisto no rie, se defiende, espetó la Modosita.

—La risa es la mejor defensa.

Ir al baile y salir azotado, ir por lana y salir trasquilado. Sólo que salir no era el vocablo porque tuvo que quedarse un año ahi dentro de la guarnición cumpliendo servicio con traje de fajina. Un recluta más de los que ya había varios.

Modosita se paseaba entre ellos repartiendo palabras de aliento como si fueran órdenes, aunque la cosa se invertía al dirigirse a Surrealisto y las órdenes que en este caso sí lo eran se le hacían miel en la boca y atraían las moscas. Por eso Hermenegildo fue aceptando el reclutamiento sin rebelarse: no por las órdenes ni por las moscas, sino por esas mieles que lo envolvían todo y le daban un resplandor dorado. Se fue quedando y realizando las tareas más insospechadas: hachar leña para todo el regimiento o pasarse días enteros de maniobras. El adiestramiento era constante. Salto de rana, cuerpo a tierra, práctica de tiro, lucha libre. Cada tanto y en medio de los mayores esfuerzos —como cuando abrían picadas en el monte— aparecía la sonrisa de Modosita y el Herme recuperaba fuerzas. Eso si, durante largos períodos extrañaba el tambo y a la vaca Aurora más que a ninguna otra y hasta la

"And tender."

"That I won't give him a chance to show us."

And, steaming, he went after Erme with a strap, and the poor fellow ended up like a mishatched parrot, half-plucked, just a rag. Though a colorful one.

The two men finally stood face-to-face. The barracks commander had lost his breath, but poor Ermenegildo had lost his spirit. The spirit of the carnival, at least, and all for a girl who, when it came down to it, really wasn't that pretty, just prudish, and sly to boot. The silliness of the situation finally got to him, and he let out a guffaw there in the midst of all the hullabaloo.

"A surrealist doesn't laugh, he defends himself," Little Miss Prude spat.

"Laughter's the best defense."

To go to dance and come out lashed; to go for wool and come out shorn. Only come out wasn't the right word, because he had to stay for a year there at the barracks wearing fatigues. One more raw recruit.

Little Miss Prude walked among the troops, passing out words of encouragement as if they were orders, although with the surrealist everything was so topsy-turvy that even orders turned to honey in her mouth, and drew flies. So it was that Ermenegildo went along with his recruitment without rebelling: not for the orders or the flies but for the honey that covered everything and gave it a golden shimmer. He remained, and ended up doing the most unexpected tasks: chopping wood for the entire regiment or spending whole days on maneuvers. The training was constant. Leapfrog; drop-drill; target practice; wrestling. Every so often, in the midst of his most extreme exertion—like the time they were clearing the thicket—the smile of Little Miss Prude would appear and Erme would find new strength. It was true, of course, that there were long periods when he missed the barn and the cow Aurora more than any

echaba de menos a la Eulalia sin pensar que quizá por culpa de ella le estaba ocurriendo todo eso.

Cosas contra las que un cristiano no pelea. Y así seguía, no más, dos tré, de servicio corrido hasta que, estalló la guerra y lo mandaron al frente en reconocimiento de su coraje. ¿Coraje? Y sí. Todo empezó con una gresca entre ellos, algo bien de muchachos. Según cuentan, el Negro Morón la miró de cerca —de muy cerca— a Modosita y nuestro pobre Hermenegildo se le fue al humo. El largo adiestramiento militar lo había vuelto fuerte y decidido, y pudo vencer al Negro en singular combate. El inesperado triunfo le confirió prestigio entre la tropa y hasta le valió un puesto de mando cuando estalló la guerra. Una guerra de fronteras que no podia ser desatendida, un asunto bien patrio.

La contienda duró unos cuantos meses y no fue pan comido como pudo creerse en un principio: el enemigo sabía emboscarse en la selva y la selva en sí era enemiga. Por lo que ni tiempo tuvo nuestro hombre pa entregarse a añoranzas. Sólo en los momentos de armar un vivac o de cavar trincheras supo suspirar por esas épocas cuando ser soldado era cosa alegre o al menos inocua. Cosa valiente y cariñosa, había agregado Modosita aquella noche ya tan lejana cuando empezaron para él las desventuras. Modosita: quedó en el cuartel remendándole el uniforme de colores, lavándolo y planchándolo para que él pudiera recuperar el primer día, cuando le gritó la Eulalia. ¿Qué le había gritado la Eulalia? Surrealisto le había gritado tanto tiempo atrás y él se lo había creído y surrealisto seguiría él siendo, hasta la muerte.

Pero minga de muerte. Tan sólo alcanzar —peleando— el final de la guerra y volverse a los cuarteles empapado de gloria. Su valiente actuación de todo momento en el frente de batalla le valió una noche de amor con Modosita —el mejor de los premios— y una medalla impuesta por el padre de la bella en presencia de todo el regimiento.

other, and he even thought fondly of Eulalia, without considering it might be her fault that he was in this mess.

There are things a Christian doesn't rail against. And so he just went on—hup, two, three—there in the service, until war broke out and he was sent to the front in recognition of his courage. Courage? Indeed. It all began with a little set-to among the troops. It seems that El Negro Morón was making eyes—really making eyes—at Little Miss Prude, and our poor Ermenegildo simply blew up. His long military training had made him strong and tough, and he was able to beat El Negro Morón in single combat. This unexpected triumph established his prestige among the troops and earned him a commission when the war broke out.

The fighting lasted several months, and it wasn't as easy as it was believed at first: the enemy knew how to vanish into the jungle so well that the jungle itself became the enemy. Which is the reason our good old Ermenegildo didn't even have time to pine for anything. Only during the moments he was setting up a bivouac or digging a trench could he sigh for those old times when to be a soldier was something merry, or at least safe. Brave and tender, Miss Prude had added that night long ago when misfortune began to befall him. Miss Prude: she stayed behind at the barracks patching the colorful costume, washing it and ironing it so he might someday recapture that first day, when Eulalia yelled after him. What was it Eulalia had shouted? Surrealist, she had yelled at him so long ago, and he had believed her and a surrealist he would be until the day he died.

But phooey on death. He only had to last out the war—fighting—and then return to the barracks covered in glory. His bravery in every moment on the front finally brought him a night of love with Little Miss Prude—the best reward—and a medal awarded by her father in front of the entire regiment.

Hubo un largo discurso donde el capitán habló del valor militar de Hermenegildo, alabó su estrategia, mencionó el día aquel cuando lo vió llegar vestido de colores y hecho un timorato, ponderó los méritos de la vida castrense en que apenas un año convierte a alfeñiques en hombres aguerridos, cantó loas al adiestramiento físico y a la disciplina cuartelaria, no habló del amor pero al final de su larga perorata vociferó: Soldado Hermenegildo, en mérito a su actuación bélica puede pedirme usted lo que quiera. Y lo miró con mirada de suegro.

El Herme o entendió mal o se hizo el desentendido y pidió tan sólo que se devolviera el traje de colores y se le concediera el alta antes de haber completado sus servicios. No hubo más remedio que hacer la voluntad del héroe y todos lo despidieron con los ojos llorosos. Para no hablar de Modosita.

Y él se fue yendo al tranquito no más, y se le hizo largo el camino al tambo y tuvo que andar toda la noche a la luz de la luna y llegó mucho después de despuntada el alba.

Al verlo, desde lejos, la Eulalia le gritó ¡Perdido! y ya cuando lo tuvo cerquita agregó:

—¿Estas son horas de llegar y con el mismo aire de saltimbanqui del sábado por la noche? ¿Por qué no fue a cambiarse? ¿Y qué me anduvo haciendo tuito el domingo que no apareció por estos pagos? Y pa pior aura se me ha colgado una enorme medalla. Mamarracho.

There was a long speech by the commander in which he spoke of Ermenegildo's military valor. He lauded his strategy, he mentioned that day when he saw him arrive dressed in many colors and chicken-hearted. He expounded upon the merits of military life, which in barely a year turned cream puffs into warriors. He sang the praises of physical training and the discipline of barracks life. He did not speak of love but, at the end of his long harangue, he declared: "Private Ermenegildo, in recognition of your meritorious service in time of war, you may ask of me what you will" and he looked at him like a father-in-law.

Erme either misunderstood or pretended to, and he asked only that his suit of colors be returned to him and that he be released from any further service. There was no alternative but to do the hero's will, and everyone bade him farewell with tears in their eyes. Little Miss Prude in the first place.

And off he went at a comfortable pace and the road to the farm was a long one and he had to walk all night by the light of the moon and he arrived long after the first rays of dawn.

When she saw him, still far off, Eulalia yelled: "You bum!" And as he got closer, she added: "So you think this is a decent hour to get back, still dressed like a circus clown since Saturday night? Why haven't you changed? And what do you mean, leaving me here all day Sunday without showing your face? And to make things worse, you've got that medal slung around your neck. You jackass."

tr. Christopher Leland

EL FONTANERO AZUL

Lo señalaron: es el fontanero. Yo me acerqué a él por gusto a esa palabra y no por el sentido que tiene el título en estas tierras, con derecho a distribuir a su antojo el agua racionada. Pero no fui yo quien encendió la mecha. Aunque me acerqué bastante como algunos dicen y hasta llegué a tocarlo (hay testigos para todo, siempre hay alguien sin escrúpulos que cuenta la verdad: la imaginación se va apagando y ya nada queda para el pobre).

Fontanero y todo, parece que alcancé a tocarlo como dicen los testigos. Pero no fui yo, insisto, quien encendió la mecha. Ni siquiera estuvo en mí la idea del estruendo.

Fontanero. Un hombre respetable en apariencia, alguien digno de habitar este pueblo tan lleno de respeto por las hojas caídas, por los perros hambrientos, por lo que ya se acaba y por aquel que también espera su fin pacientemente: el ser humano.

(El cementerio tiene tumbas de colores. Las casas de esta zona del mundo son de barro; mientras estamos sobre la tierra nos conviene confundirnos con ella.)

El fontanero en cambio era el único despolvado en este pueblo, algo insultante.

Piedra, polvo y piedra, todas las calles trepan hasta la mancha de luz que es el mercado. Arriba, el fontanero resplandece de limpio con su camisa blanca y sus dientes de

THE BLUE WATER MAN

They pointed him out to me: He's the water man they said, and I drew closer to him because I liked the word, not because of the importance the title implies in these parts, the right to distribute the rationed water as he pleases. But it wasn't me who lit the fuse. Even though I got pretty close, like some people say, and got to touch him (there are witnesses for everything—there's someone unscrupulous enough to tell the truth: imagination is withering and nothing is left for the poor.)

It seems I did get to touch him—water man and all—so the witnesses say. But it wasn't me who lit the fuse, I swear. The idea of the explosion didn't even occur to me.

Water man. Someone respectable in appearance, someone worthy of living in this town so full of respect for the fallen leaf, for the hungry dog, for what's already dying and for who's patiently awaiting the end: the human being.

(The cemetery has tombs in bright colors. The houses in this part of the world are adobe. While we're on this earth it's best we blend in with it.)

The water man, on the other hand, was the only one dustless in the village—something almost insulting.

Stone, dust and stone, all the streets wind toward that wide strain of light: the marketplace. Up there, the water man shimmers, clean in his white shirt and gold teeth and his

oro y sus bigotes. Por abajo andamos nosotros acarreando baldes de agua desde el río que ya empieza a secarse.

Esto ocurrió un domingo y pasó una semana.

Yo no encendí la mecha ni tuve participación alguna en el estruendo.

Él estaba limpito de pie en el atrio del antiguo convento y yo tan sucia como siempre, polvorienta, y en la punta de los dedos todavía fresco el añil con el que había estado pintando las paredes (mi casa es de adobe como todas, la pintaba lentamente de añil para aplacarla: quería un poco de azul para imitar al agua). (Y si más de un testigo dice que lo toqué, pues lo habré tocado. Aunque yo siento que fueron las manos de él sobre mi cuerpo y no la viceversa inadmisible.)

Fue el domingo de Ramos para ser más exacta y él estaba en el atrio calculando ganancias. Un fontanero infame, no lo dude: por cien pesos dejaba que desbordaran los tinacos de los ricos y a sus vecinos que los partiera un rayo. Era la araña en la red de tuberías, dios en el mundo subterráneo de desagues.

(Y pensar que con sólo mover un dedo, con sólo sacudirse el manto de codicia y abrir con generosidad las válvulas podría haber apagado la sed de todo el pueblo.)

Sobre el pecho le quedó una mancha azul ese domingo—el Domingo de Ramos—casi oculta bajo la camisa blanca, eso fue todo.

Y pasó una semana:

Lunes - Le llevé diez pesos habidos no les digo cómo y conseguí que de mi propia canilla manara agua suficiente como para que no murieran de sed mis tres pavos ni la puerca del vecino.

moustache. Below, we walk carting buckets of water from the river already running dry.

That happened on Sunday and a week has gone by.

I did not light the fuse, nor did I have anything to do with the explosion.

He was clean down to his toes in the courtyard of the old convent, and I was filthy as ever, covered with dust. Still fresh on my fingertips was the indigo I had been painting the walls with (my house is adobe like all the others and I was slowly painting it to soften it: I wanted a touch of blue to make it seem like water). (And if some witness says I touched him, well, maybe I did touch him, though I think it was his hands upon my body and not the inadmissible opposite.)

It was Palm Sunday, to be exact, and he was in the courtyard calculating profits. He was a vile water man without a doubt: for a hundred pesos, he would let the cisterns of the rich overflow, while their neighbors could get struck by lightning for all he cared. He was the spider in the middle of a web of plumbing, god of an underground world of sewers.

(And to think that by only moving a finger, by shaking off the mantle of greed and generously opening the spillways, he could have quenched the thirst of the whole town.)

On his chest, a blue stain remained that Sunday—Palm Sunday—almost hidden beneath his white shirt. That was all.

And a week went by:

Monday—I took him ten pesos I'd hoarded (never mind how) and so got a trickle of water from my spigot, enough to keep my three turkeys and the neighbor's pig from dying of thirst.

Martes - Se habían ido los turistas y no conseguí ni un peso. Pero por esas cosas de la naturaleza humana (débil, débil, débil!!) obtuve de él que manara más agua. Me lavé los calzones.

Miércoles - Seguí pintando de azul el frente de mi casa en silencio absoluto. Al caer la tarde lo fui a ver un ratito. El fontanero tenía ya los dos brazos azules, el pecho y parte de la espalda.

Jueves Santo - Esperamos vanamente en el atrio la representación de la Ultima Cena. ¿Habrá faltado el agua aun para este humilde simulacro del pueblo? La idea no fue mía, fue de uno que se apeó del caballo frente al portal y dijo: Aunque sea la última, después de esta cena hay que lavar los platos. ¿Con qué agua? No hay diversión, hermanos pueden volver a sus casas.

Viernes Santo - Fue el Via Crucis de todos como es lógico, con procesión y rezos y los labios resecos, la piel resquebrajada. (Pasan los ricos, los de las casas altas, cambian a escondidas sonrisas con nuestro fontanero. Las bolsas de él están repletas y los ricos tienen las albercas llenas, toda el agua que quieran. A nosotros no nos queda ni una gota de humedad para las lágrimas.)

Sábado de Pasión - Quietud en todo el pueblo y en mi vida. Al fontanero sólo le quedan la mano izquierda, la cara y un testículo de color de su carne. El resto ya es añil, no me explico cómo. Sólo los niños andan hoy por el pueblo y los perros como cueros resecos estaqueados sobre cuatro patas.

Desde mi ventana vi llegar el camión con los judas, diablos rojos con cuernos, y confieso que me dije: nuestro judas es azul, le tenemos más miedo, no es de papel maché, no está hueco por dentro: tiene una mala entraña.

Tuesday—The tourists had left and I couldn't get another peso. But thanks to human nature (weak, weak, weak!), I got him to let that trickle continue. I washed my underwear.

Wednesday—I continued painting my house blue in absolute silence. As the afternoon waned, I went to see him for a while. Both the water man's arms, his chest, and part of his back were blue.

Maundy Thursday—We were in the courtyard, waiting in vain for the reenactment of the Last Supper. Isn't there even enough water for this humble pageant? That thought wasn't mine, it came from someone who dismounted in front of the gate and said: "Even if it is the last one, after supper the dishes have to be washed. With what water? No show tonight, my friends. You can go on home."

Good Friday—We walked the Way of the Cross today, logically enough, with the procession and prayers and parched lips and cracked skin. (The rich stroll by, the ones from the hilltop houses, exchanging discreet smiles with the water man. His pockets are bulging and the rich have their swimming pools full, all the water they want. As for us, we don't have even a drop left for tears.)

Holy Saturday—Quiet all through the town, and in my life as well. Only the water man's left hand, his face, and one testicle remain flesh-colored. The rest of him is indigo. I wonder how. Only the children are out today, and the dogs like drying hides staked on four legs.

From my window, I saw the truck arrive with the Judases—red devils with horns—and I confess I said to myself: Our Judas is blue, and we're truly afraid of him. He's not made of papier-maché. He isn't hollow inside. He's evil to the core.

Vi también sin mirar demasiado cómo a cada muñeco le clavaban cohetes en la panza, le pasaban una ristra de cohetes por el cuello y dejaban las mechas en los cuernos. (Pero una cosa es ver y otra muy distinta es pensar en aplicar lo visto.)

(Lo vieron todos ellos, lo saben desde hace cuatro siglos mucho mejor que yo, llegada de tan lejos aunque soy solidaria. Les juro que no fui yo, no caigan en el error de siempre: señalar al extranjero aun en son de bendecirlo.)

(El color de casa, me dijeron después, y yo me alcé de hombros: el color de su tumba.)

Y a las once de la noche llamaron a misa con matracas.

Domingo de Gloria - A medianoche, desbocadas campanas. Ni que el pueblo conservara tantos bríos. A la una hubo suelta de bengalas y a las dos y media se largaron las primeras lluvias poniendo fin a los largos meses de sequía. ¡Qué visita aplaudida, qué remanso! A él por fin ya no lo necesitamos... (Llovió toda la noche, llovió por la mañana hasta misa de once y el pueblo en el convento agradeció al cielo lo único que el cielo tenía para darles. Y rezaron de rodillas mostrando con orgullo las plantas de los pies en sueladas de barro.)

El sol reapareció a mediodía sin haberse enterado de la gloria. ¿Y creen que en la sofocante maraña de vapores pude haber juntado fuerzas para gestar la idea? ¿Entre el calor infernal y el estampido de cohetes? En la plaza del mercado los judas de papel maché estallaban en mil pedazos, el mal se iba desintegrando y el pueblo lo sabía, estaba alegre.

I also saw without paying much attention how they stuffed firecrackers in the stomach of each effigy, put a string of firecrackers around the neck and wound the fuses in between the horns (but it's one thing to see and another to think about how you might use what you see).

(Everybody saw it. After four hundred years, they all know more about it than I do, coming from so far away, even if I do feel close to them. I swear, it wasn't me. Don't make that old mistake: don't single out the stranger, not even with a blessing.)

(The color of your house, they told me later, and I shrugged my shoulders: the color of *his* tomb.)

And at eleven at night they called us to mass with wooden rattles.

Easter Sunday—At midnight: wild bell-ringing. As if the town still had so much spirit. At one, there was a volley of fireworks, and at two-thirty, the first rains fell, putting an end to the long months of drought. What a welcome visitation! How long awaited! Finally, we didn't need him anymore... (It rained all night; it rained in the morning till mass at eleven and the people, there at the convent, gave thanks to heaven for the only thing heaven had to offer them. And they prayed on their knees, showing off feet soled with mud.)

At noon the sun reappeared, unaware of the bliss. And do you think that amid the suffocating whirls of steam I could have gathered the strength to conceive the idea? Between the hellish heat and the blasts of the firecrackers. In the marketplace, the papier-maché Judases exploded in a million pieces. Evil itself went up in smoke and the people knew it and rejoiced.

A las cinco de la tarde arreciaron los cohetes y comenzó la fiesta. Corrí hasta el mercado para ver a los hombres del pueblo bailando entre parvas de plátanos y mangos, entre los puestos de sandías y de ollas de barro. Colores deslumbrantes reluciendo como las hojas de los árboles lavadas por la lluvia. Estuve a punto de ponerme a brincar con los del pueblo vestidos de señores: túnicas de terciopelo, sombrerones bordados, puntillas y oropeles, máscaras de hombre blanco con barbas puntiagudas, guantes blancos. Quería festejar con ellos el reencuentro, integrarme a su música de bronces. Comunión con el pueblo hasta que vi ahí no más al fontanero (hijo de la chingada).

De pie sobre la fuente en medio del mercado. De espaldas, buscando con la vista (buscándome a mí, casi seguro), ya vestido de azul, completadito. Azul sobre la fuente reseca el fontanero. Eso fue demasiado, y aunque mi tarea no estaba terminada—la mano izquierda, el rostro y un testículo—no pude contenerme y huí despavorida. Al verme salir corriendo las caras inexpresivas de las máscaras con ojos (¡donde se habra visto!) siguieron mi carrera. Y él tan añilado, irreverente.

Con mis últimos pesos compré pintura blanca (la morada es más imperiosa que el estómago: no quería una casa color de fontanero, quería una casa pura).

Reventaban los judas en la plaza y al ritmo de cohetes daba yo mis brochazos y mi casa de electrizado azul iba perdiendo fuerzas, se volvía celeste y transparente. Llevaba casi toda una pared pintada de esa forma cuando oí el estallido como de dinamita, un cohete gigante.

Hubo un compás de espera, un suspenso en el aire y vinieron jadeantes a darme la noticia:

Había sido él el gran judas, casi el verdadero. Cuando llegué a la plaza el baile se había detenido y las máscaras miraban con ojos inhumanos. Allí estaba el fontanero azul despanzurrado, clavado en la punta más alta de la fuente.

At five in the afternoon, the fireworks intensified and the fiesta began. I ran to the marketplace to see the men of the town dancing around heaps of mangoes and bananas, watermelon stands and earthen cooking pots. Dazzling colors shimmered like leaves washed by the rain. I was just about to join in the festivities of the townspeople dressed up like lords: velvet tunics; huge, brightly embroidered hats; lace and tinsel; white-man's masks with pointy beards; white gloves. I wanted to celebrate with them, join in the brassy music. I wanted to commune with the people, until I saw the water man, that son of a bitch.

He was standing on the fountain in the middle of the marketplace. I saw him from the back as his eyes searched the crowd (sought me, surely), now dressed in blue, complete. Blue atop the dry fountain—the water man. That was too much, and though my job wasn't finished—the left hand, the face, and one testicle—I couldn't help myself and fled in panic. As they noticed me, leaving at a run, the inexpressive faces of those masks with eyes (who ever heard of such a thing!) followed my escape. And he above, so indigo, irreverent.

With my last pesos, I bought white paint (home is more demanding than hunger. I didn't want a house the color of the water man. I wanted a pure house).

The Judases blew apart in the plaza and to the rhythm of the firecrackers I swung my arm in broad strokes and my house—electric azure—began to fade, turning to a soft, transparent blue. I had whitewashed almost an entire wall when I heard an explosion like dynamite, like a giant skyrocket.

There was a tense beat of waiting—suspense in the air—and then, panting, they came to bring me the news.

He had been the great Judas, close to the real one. When I got to the marketplace, no one was dancing, and the masks surveyed the scene with their inhuman eyes. The water man was there gutted, impaled on the highest point of the fountain.

(¿Un cartucho de dinamita metido en la bragueta o un puñado de cohetes en el ombligo?)

Eso, sí, *no fui yo quien encendió la mecha* como pueden comprobar con sólo leer mi declaración atentamente.

Tenía, era lo extraño, la cara de mi color celeste transparente y también una mano con la palma hacia arriba. Juraría que además un testículo se había vuelto celeste, pero voló con las tripas y jamás pudieron encontrarlo (las tripas salpicaron un poco a los de las casas altas que estaban a un pasito, no más, sentados a las únicas mesas con mantel en medio de la plaza, entorpeciendo el baile, sorbiendo dignamente sus refrescos, luciendo sus camisas bordadas o sus vestidos largos. Los salpicó un poquito pero ellos se pusieron de pie con expresión de asco y alejaron a sus dorados niños del infausto espectáculo).

Yo en cambio me quedé allí a esperar el milagro: de la panza agujereada de este judas manaría siempre agua.

Los nativos del pueblo como ocurre a menudo no pretendieron tanto. De la panza agujereada manó sangre sin sorprender a nadie pero alegrando a todos. Y los enmascarados metieron las manos enguantadas de blanco en esa sangre y se lavaron las más caras tan blancas que cubrían sus rostros.

Sangre de fontanero: símbolo de agua. Abluciones perfectas.

Después quisieron llevarme en andas. Me amaron y me odiaron y gritaron mi nombre. Y yo tan inmerecedora, tan abandonada mientras el fontanero azul se vuelve rojo y ya ni su color me pertenece.

(A stick of dynamite stuck in his fly, or a fistful of cherry bombs in his navel.)

This for certain: it was not me who lit the fuse, as you can surmise by reading my statements carefully.

His face—it was weird—his face was a soft, transparent blue, as was one hand turned palm up. I would swear too that one testicle had turned that same blue, but it was torn off when his guts blew up and they never found it. (The guts spattered slightly the people from the hilltop houses, who were close by, sitting at the only tables with tablecloths in the middle of the plaza, slowing down the dancing, sipping politely at their drinks, showing off their embroidered shirts or their long dresses. They only got spattered a little, but they stood up, thoroughly disgusted, and gathered up their dear little children to take them away from that ill-fated spectacle.)

I, on the other hand, stayed to await the miracle: from the blasted belly of this Judas water would forever flow.

The townspeople had lower expectations. From the blasted belly, blood flowed—not surprising anybody and to the delight of many. Those wearing masks dipped their white-gloved fingers in the blood and streaked the white, white-man's masks that covered their faces.

Blood of the water man, symbol of water, perfect ablution.

Afterward, they wanted to bear me through the streets. They loved me and hated me and cried out my name. And I, as always so unworthy, so abandoned, while the blue water man turns red, and not even his color belongs to me any more.

tr. Christopher Leland

UNAS Y OTRAS SIRENAS

—Ahora me dice que es un sueño. Pero si usted realmente se metió en ese sueño mío, si lo atravesó como si nada, entonces usted también de alguna manera es mío porque pasó a formar parte de mi sueño.

Pavadas, quisiera gritarle el capitán. Qué estupideces está diciendo. Usted está loco.

En cambio (porque está en sus manos y porque le tiene lástima):

—Es duro el oficio de marinero. No tenía por qué hacernos esto.

—Más duro oficio es el mío, y a mí nadie me hace nada. Ni bueno ni malo. Nadie se ocupa de mí. Sólo ustedes que con su maldito barco se metieron por mi continente y lo partieron en dos y seguro que mataron a su gente, mi gente, y ahora están como si nada.

—Como si nada no, desesperados. Cuando el barco encalló en la arena la hélice sufrió una seria avería. Un estertor del barco como si hubiéramos topado una ballena y fue simplemente eso: los malditos bancos de arena de su islote. Creo que rompimos una pala de la hélice y todo por culpa suya, porque por alguna loca razón apagó el maldito faro en medio de la noche. Y encallamos. Usted faltó a su misión, es un delito grave: su misión consistía en señalarnos los escollos, no en atraernos como papel matamoscas.

ONE SIREN OR ANOTHER

"Now you tell me it's a dream. But if you really meddled in this dream of mine, if you dared to cut in like that, then you're mine too, because you are part of my dream."

Bullshit! the captain wanted to shout. What rubbish you're spouting. You're crazy.

Still, because he's in the man's hands and feels sorry for him:

"A sailor's life is hard enough. There was no need for you to do this to us."

"Mine's harder, and nobody does anything to or for me. Neither good nor bad. Nobody cares about me. Only you with your damned ship, butting into my continent and cutting it in half and surely killing people, my people, and now you're cool as a cucumber."

"Cool! No. Desperate. When the boat ran up on the sand, the propeller was seriously damaged. A death rattle all through the ship like we'd collided with a whale and it was just the damned sandbanks of your little atoll. We've busted a blade of the propeller, I think, and it's all your fault, because for some crazy reason you turned out the damned light on the lighthouse in the middle of the night. And so we run aground. You failed in your duty. You've committed a crime. Your duty was to warn us off the reefs, not to attract us like flypaper."

—Misión. Mire quién habla. Usted es el capitán del barco y un barco debe navegar por agua, no meterse en tierra firme y hundir un continente por muy sueño que sea.

—Basta ya, basta de esas historias. Por favor. Ya le dije que ahí no había nada, sólo agua. Uniforme extensión de agua, la misma claridad de agua de todas partes sólo que era de noche, la misma agua negra, imperturbable.

—¿No oyó la música?

—Qué la voy a oír.

—¿No los vio bailar?

—No los ví, no los ví, no vi nada. Y eso que estuve en el puente toda la noche, al lado del segundo capitán, porque tenía calor y porque nos habíamos desviado ligeramente de la ruta. Nada más que por eso. Pero los hubiera visto. Había fosforescencia.

—Por lo menos admite eso y me alegra: vio la fosforescencia. Es el halo que rodea a mi continente.

—Bueno, basta, me voy a dormir, me vuelvo al barco a esperar la marea alta. Creo que vamos a poder desencallar sin problemas, después veré lo de la hélice. Haré bajar unos buzos, si es necesario cortaremos la otra pala para que la hélice funcione parejo.

—Usted no se vuelve nada. Usted se queda acá mateando conmigo. Ya que liquidó a mi gente al menos me debe conversación en grande.

—Yo no liquidé a nadie. Me voy a buscar mi bote.

—Vaya. Pero le prevengo que solté las amarras, debe de andar lejos, ya.

—Les voy a hacer señales a mis hombres para que vengan a buscarme como puedan, que armen una balsa o lo que sea.

—No veo cómo va a hacer señales. Las bengalas las tengo yo y no pienso dárselas aunque me mate. Además, sepa que estoy armado.

—¿Qué me importa que esté armado? Yo no lo amenazo a usted, usted no tiene por qué amenazarme a mí. Ahora sólo

"Duty. Look who's talking. You're the captain of the ship and a ship ought to sail on water, not come butting up on land and sinking continents even if they're only dreams."

"All right. Enough, I've had it with these stories. Please. I told you, there was nobody there. Just water. A smooth sheet of water, the same clear water as anywhere else except that it was nighttime, so the same black water, calm as you please."

"You didn't hear the music?"

"How was I going to hear music?"

"And you didn't see them dancing?"

"I didn't see them, did not see them. I saw nothing. And I was on the bridge all night, at the second officer's side, because it was hot and because we had wandered a little off course. Nothing more than that. But I would have seen them. There was this glow."

"At least you admit that: you saw the shimmering. That's the halo that surrounds my continent."

"Okay. Enough. I'm going to sleep. I'm going back to the ship to wait for the high tide. I think we can float free with no problem, then I'll see about the propeller. I'll send some divers down; if necessary we can cut the opposite blade so at least the screw's balanced."

"You're not going anywhere. You're staying here with me to shoot the breeze. Now that you liquidated my people, the least you can do is provide a little conversation."

"I didn't liquidate anybody. I'm going to my boat."

"Go ahead. But I took the precaution of slipping the lines on it. It should have drifted a good ways by now."

"I'm going to signal the crew to come and get me the best way they can. They can rig up a raft if need be."

"I don't see how you're going to signal them. I've got the flares and I don't intend to give them to you even if you kill me. You also know that I'm armed."

"Why should I care if you're armed? I'm not threatening you. You've got no reason to threaten me. Right now, all I want

quiero irme a dormir y olvidarme del barco, no veo en qué eso puede molestarlo.

—Ojalá yo pudiera también olvidarme del barco, ese barco del demonio. Atraveso mi continente por el medio como si allí hubiera habido un canal. Lo atravesó con todo señorío, orgulloso de sus luces. Estoy seguro de que mi gente lo habría aplaudido desde el muelle, de haber habido un canal. Pero no había. Cortó la tierra en dos, la partió como con un cuchillo—el cuchillo de proa—y provocó el hundimiento.

Ahora es un continente sumergido. Venga a la plataforma, asómese no más. Ya no se ve nada.

—¿Y qué quiere que se vea?

—No sea incrédulo, ya se lo dije, se veían infinidad de luces por las noches, era muy bello, con catalejos hasta podía distinguir figuras bailando y cantando. Festejaban siempre por las noches. Seguramente festejaban el hecho de estar vivos.

—Estaban vivos sólo en su imaginación. Olvídelos. Mañana será otro día.

—¿Qué me cuenta de otro día? Ya sé que será otro día y los días no me importan para nada. Están vacíos y genéralmente duermo. La luz me hace dormir, sólo me interesan las tinieblas, cuando llega la hora de encender el faro. Tengo como un fotómetro adentro que me despierta cuando baja la luz. Pero mañana también será otra noche y por las noches no puedo dormir, tengo que estar alerta. Y ellos me ayudaban y me mandaban fuerzas. Cuando el viento soplaba desde allá hasta me traía su música y era siempre una música de esperanzas. Me pensaba ir con ellos después de jubílarme. O de morirme, que es lo mismo. Me estaban esperando, y ahora nadie me espera.

—Lo podemos esperar nosotros, si quiere, cuando lleguemos a puerto.

—De qué me sirve. Ustedes son como cualquiera, ellos eran distintos.

to do is go to sleep and forget about the ship. I don't see how that could bother you."

"I only wish I could forget about the ship too, the damned ship. It slammed through the middle of my continent like there was a canal there. Slammed through big as you please, puffed up with all its lights. I'm sure my people would have applauded from the bank, if there had been a canal. But there wasn't. It split the land in half, cut it like a knife—the knife of the prow—and brought on the flood. Now it's a sunken continent. Come out here on the pier, just take a look. Now you can't see anything."

"And what was I supposed to see?"

"Don't be so skeptical. I told you. You could see infinite lights in the night. It was beautiful. With a telescope, you could even make out figures singing and dancing. They were always celebrating at night. Surely they were celebrating the mere fact of being alive."

"They were only alive in your imagination. Forget them. Tomorrow is another day."

"So what. I know it's another day and days don't mean a thing to me. They're empty and most of the time I sleep. The sun makes me sleep. Only twilight interests me, when the time comes to light the lighthouse. I've got something like a light meter inside me that wakes me when the sun is low. But tomorrow too there'll be another night and at night I can't sleep. I have to be alert. And they helped me and gave me strength. When the wind blew from that direction it carried their music and it was always a music of hope. I thought I'd join them after I retired. Or died. It's the same thing. They were waiting for me, and now nobody is waiting for me."

"We can wait for you, if you want, when we make port."

"For all the good that would do me. You're just like anybody else. They were different."

—¿Eso cómo puede saberlo? Nosotros también somos distintos: hemos navegado mucho y podemos contarle montones de historias.

—Para lo que pueden servirme sus historias. Ahora le regalo una más y ni siquiera me siento orgulloso: el torrero loco que creía ver la Atlántida, se puede llamar para no hacer la cosa más complicada. Porque parece que no puede tratarse de la Atlántida, acá en el sur. Era otro continente secreto y ustedes me lo partieron en dos como el hilo que corta la manteca. Carajo.

—Está bien. Desahóguese.

—Y usted adelante, siéntase magnánimo. Yo me desahogo y usted se siente generoso y cree que ha apaciguado a un loco. Sólo que generoso o no no va a poder devolverme mi continente y ahora ¿qué hago yo por las noches? ¿Cómo van a pasar mis horas sin ellos? ¿(Qué sentido puede tener mi vida?

—En una de esas su vida puede pasar a tener un sentido verdadero. Usted es el capitán del faro: ocúpese del faro.

—Pura deformación profesional, la suya.

—No lo digo por eso, lo digo porque lo siento. ¿De donde sacó esa frase?

—A véces leo, ¿sabe?

—Bueno. Lea más, para distraerse. O lea menos. En una de esas las lecturas lo trastornan. Como al Quijote.

—En una de esas. Y a usted ¿qué lo trastorna? Digo, porque no es vida esa de andar por el Atlántico Sur, tan poco hospitalario. No puede estar muy en sus cabales, usted; el agua es un monstruo. Es una suave piel de monstruo recubriendo alimañas que ni siquiera sospechamos. Una piel que parece tersa: hervidero de horrores. Yo al menos la veo desde la seguridad relativa de una costa, por exigua que sea, pero ustedes andan flotando sobre esa piel que a veces se eriza y están a su merced. No los envidio.

—Envidiar por envidiar, yo tampoco lo envidio a usted definitivamente varado en este islote.

"How do you know? We're different, too. We've sailed a good deal and we can tell you lots of stories."

"What good are your stories to me? I can give you a brand new one and not even brag about it. We could call it the mad watchman who thought he could see Atlantis (we'll call it so as not to complicate things). Because really you can't call it Atlantis here in the south. It was a secret continent and you cut it in two like a thread cuts butter. Shit."

"Go ahead. Go ahead. Get it all out."

"Yeah, go on, be magnanimous. I get it all out and you feel real generous and think you've soothed a madman. Only, generous or not, you won't be able to give me my continent back, and now, what do I do nights? How am I going to pass the time without them? What sense does my life make now?"

"One of these days, your life may make real sense. You're the lighthouse keeper, captain of the lighthouse, think about it."

"It's pure professional deformation."

"That's not why I said it; I said it because I meant it. Where did you learn to talk that way anyway?"

"I read sometimes, you know."

"All right. Read some more, to take your mind off things. Or read less. Some things can really turn you around. Look at Don Quixote."

"Some things? And you, what turned you around? I ask because this life of wandering around the South Atlantic—none too hospitable—what kind of life is that? You can't be quite in your right mind. The water is a monster. It's the soft skin of a monster hiding beasts we've never even dreamed of. A skin that looks glossy, seething with horrors underneath. At least I see it from the relative safety of a coast, but you and your friends float over that skin that bristles up and then you're at its mercy. I don't envy you."

"Well, turnabout is fair play. I don't envy you stranded forever on this godforsaken island."

—Definitivamente no puede decirse, yo tenía otros planes...
Y lo de varado suele dar cierto aplomo. En cambio ustedes, a
la deriva.

—Nada de a la deriva. Conocemos muy bien el derrotero
aunque a veces nos desviamos unos ínfimos grados para
desgracia nuestra y disgusto de usted. Pero eso es lo de menos.
Lo importante es que nos trasladamos, vamos de un lado al otro,
tenemos una meta que nos estimula y nos lleva a buen puerto. Y
encontramos mujeres y tragos y esa música que usted creía oír
de lejos y nosotros recibimos en los huesos al llegar al puerto.
Déjeme al menos ir al barco a buscar unas botellas. Así
podremos hablar más a nuestras anchas.

—Usted no busca nada. Cuanto más, póngase a cantar, si
quiere música. No se lo voy a prohibir pero tampoco le insisto.
Pocas veces tengo la suerte de poder hablar con alguien, los que
traen las provisiones y los tubos de gas para el faro vienen cada
dos meses y eso cuando pueden acostar, porque las tormentas
que se desencadenan en esta zona son de las que no perdonan.
Y ellos no son gente de mucha conversación, son más bien
hoscos. Vienen cuando pueden, me dejan lo que necesito y se
van casi sin cambiar palabras. Y para colmo ahora van a tardar
en venir porque ya es época de tormentas, el mar se va a poner
muy bravo de un momento a otro y ellos en estos casos no
quieren ni acercarse: hay mucha roca alrededor del faro. Pero
no se preocupe, tenemos suficientes provisiones y podemos
quedarnos meses aislados acá sin pasar hambre.

—Pero ¿y mi tripulación? En ese barco hay once hombres
que me estarán esperando. Quizá podamos zarpar con la
creciente.

—Ni lo sueñe, si el mar lo arranca de la arena lo va a tirar
contra las rocas. Donde están encallados no hay creciente que
valga, sólo pueden esperar la tempestad y la tempestad no
perdona. Ya empiezan los primeros relámpagos ¿ve? no va a
tardar mucho en desencadenarse la tormenta. El barómetro está
bien bajo.

"I wouldn't say forever. I had other plans... And as for 'stranded,' it has a certain rootedness to it. You, on the other hand, just drift."

"What do you mean, drift? We know exactly where we're going even if now and then we get a few degrees off course, to your inconvenience and our misfortune. But that's really insignificant. The important thing is that we move. We go from one place to another. We have a goal that spurs us on and bears us to safe harbor. Back there, we find women and booze and listen to that music you thought you heard in the distance. In port, we feel it all the way down to our bones. Let me go over to the ship for a couple bottles at least. That way, we can talk better about our wanderings."

"You're not going anywhere. If you want music, sing. I'm not going to stop you, but I won't insist either. It's rare I have the chance to talk to somebody. The people who bring the provisions and gas cylinders for the light only come every couple months, and then only when they can bring the ship to shore, because the storms that hit in these parts are unforgiving. And even so, they're not a very talkative bunch; they're really pretty brusque. They come when they can, they leave me what I need, and they go with hardly a word. And to top it all off, they'll be late in coming this time because it's storm season. The sea can get rough from one minute to the next, in which case they don't like to even get close. There are a lot of rocks around the light. But don't worry. We've got enough provisions and we can stay here for months without going hungry."

"And my crew? There are eleven men on that ship waiting for me. Maybe we can float free with the tide."

"Don't even think about it. If the sea pulls you off the sand, it will throw you against the rocks. Where you're aground, the tide is weak. You can only wait for the storm, and the storm's merciless. Now the lightning's started, see? It won't be long before the storm breaks. The barometer's very low."

101

—El radiotelegrafista debe de haberse comunicado con tierra, pronto van a venir a rescatarnos.

—¿Pronto? ¿Usted sabe a qué distancia estamos de la tierra firme? Van a tardar mucho... demasiado. Yo que usted no me inquietaba más. Sírvase otro mate, hay bolsas enteras de yerba en el depósito.

—Basta de bromas ¿no? Cuando vengan lo van a meter preso, si yo lo acuso. Pero si usted me deja ir ya y no me apunta más como al descuido, entonces me olvido de los cargos y no le levanto un sumario por haber apagado el faro en el momento preciso. Usted nos hizo encallar, y hubiérarnos podido destrozarnos contra las rocas. Usted cometió un grave delito.

—¿Y quién le va a creer? Su palabra contra la mía, capitán, y yo llevo casi cuarenta años en este puesto con excelente foja de servicios. ¿Cómo se me va a ocurrir apagar el faro? Y una distracción no corta el gas... Usted es un hombre joven, capitán, y su tripulación puede que no viva para salirle de testigo. Una torpeza suya, capitán, ¿qué hacía por esta zona? Yo no fui el que se salió de ruta. Pero no pienso acusarlo, capitán, si usted no me obliga. Piénselo.

—¡Cállese, por Dios! Mis hombres me están llamando, ¿no oye la sirena?

—¿Sirena? ¿Qué sirena? Usted está delirando, capitán. Las únicas sirenas eran las de mi continente y usted las obligó a sumergirse para siempre. ¿Cómo quiere que oiga esas otras que ni siquiera cantan?

"The wireless operator should have radioed to shore by now. They'll be here soon to rescue us."

"Soon? Do you know how far we are from dry land? They'll be a long time coming. Too long. If I were you, I 'd forget about it. Have some more tea. There are bagsful down in the cellar."

"Enough jokes. When they come, they'll arrest you if I tell them what happened. But if you let me go now, then I'll forget the whole thing and I won't press charges against you for having cut the light at the crucial moment. You made us run aground, and we might have broken up on the rocks. You're guilty of a serious crime."

"And who'll believe you? Your word against mine, Captain, and I've had this job for almost forty years with an excellent record. Why on earth would I put out the light? And a momentary lapse wouldn't cut off the gas accidentally... You're a young man, Captain, and your crew may not survive to testify in your behalf. It was your mistake, Captain. What were you doing in these waters? I'm not the one who went off course. But I'm not planning to accuse you, Captain, unless you force me to. Think about it."

"Shut up, for God's sake! My men are calling me. Can't you hear the siren?"

"Siren? What siren? You're raving, Captain. The only sirens were the ones on my little continent and you forced them away forever. How can you expect me to hear those others that don't even sing?"

tr. *Christopher Leland*

PROCESO A LA VIRGEN

—Será muy linda y todo lo que usted quiera, pero ya estamos hartos de que no nos haga ni el más mínimo milagrito. Hartos, le digo.

Sobre su cabeza colgaba una hinchada estrella de mar y sus ojos se enredaban en la red que pretendía hacer de la pesca algo decorativo y tentador. Sin embargo, el que hablaba tenía bien marcados en la cara el viento y la sal y las manos desgarradas de tanto tironear las redes y por ahí afuera no más se paseaba Hernán Cavarrubias sin el brazo izquierdo, arrancado por un guinche.

—Una vida de perros, le digo, y eso sin contarle lo del Temerario que se hundió a la entrada del puerto y nosotros acá casi mirando cómo se ahogaban sin poder hacer nada. La culpa, claro, la tuvo el patrón Luque que quiso volver para descargar y salir de nuevo. No es cuestión de volver con este temporal, le dijeron los de la Siempre Lista que se mojaron mar afuera esperando que amainara. Pero Luque no era de los que iban a perder un buen banco de salmón cuando lo encontraban; se había encomendado a Ella, eso sí, y tenía una mala foto de la imagen al lado del timón. Pero qué Virgen de los Milagros ni Virgen de los Milagros. Para mí que ni lo oyó al Luque cuando empezó a tragar agua y a llamarla por su nombre.

TRIAL OF THE VIRGIN

to Arturo Cuadrado

"Very pretty and all that, but what has She done for us? Not even a minor miracle. We're fed up, I tell you."

Over his head hung a bloated starfish, its eyes staring out from a tangle of net that attempted to make fishing something decorative and tempting. Nevertheless, the one who spoke had wind and salt engraved on his face and hands shapeless from years of tugging at nets, and somewhere outside Hernán Cavarrubias strolled around, crippled, his left arm yanked off by a winch.

"A dog's life, I tell you. Not to mention that *Temerario* sinking at the entrance to the harbor. We could practically see them drowning, but we couldn't do a thing about it. Of course, it was the skipper Luque's fault since he wanted to unload and go back out again. With a storm like that, you can't go out, the *Siempre Lista* crew told him. But Luque wasn't one to lose a good catch of salmon when he'd found it. He thought he was in Her good graces. He kept a poor likeness of the Virgin alongside the helm. But Virgin of Miracles or no Virgin of Miracles, I personally don't think She ever heard Luque when he began to swallow water and call out her name.

"Eso que era el único que le sabía el nombre, se lo acordaba desde cuando la habían traído de España diciendo que era un regalo de pescadores de otros mares. Linda imagen, con tantas puntillas como si fueran espuma, y un poco triste. Linda imagen y milagrosa para mejor; al menos así dijeron ellos. Por eso nunca le faltó un buen cirio encendido, o dos, o tres. Hasta consiguió una colección de exvotos de lata, más para tentarla a atender pedidos que en agradecimiento de alguna cura que no había hecho: un poco como esos huevos de yeso que se les deja a las gallinas para que salgan buenas ponedoras. Esta, a todas luces, no es una imagen buena ponedora de milagros, pero los que la trajeron afirmaron lo contrario y no es cuestión de desatender ese tipo de afirmaciones.

Habrá que dejar que se aclimate, opinaron los pescadores al principio. Con sorna alguien dijo que quizás era necesario ponerle la carnada adecuada, pero ellos menearon la cabeza: sabían que las cosas celestes nada tienen que ver con los secretos de la buena pesca.

Mientras preparaban los anzuelos en el espinel del cazón o mientras remendaban las largas redes no por eso dejaban de pensar en ella con la esperanza de que hiciera algún milagro. Aunque cuando volvían con las barcas cargadas de pescado hasta el tope sabían muy bien que ese no era milagro alguno sino simple cumplimiento de las leyes marinas, como ocurría desde mucho antes de que ella apareciese por el pueblo. Y en el muelle, mientras hacían volar por el aire los salmones para cargarlos en el camión, pensaban con bastante sentido práctico que el milagro sería encontrar una mañana un buen muelle de cemento en lugar de esas tablas podridas donde latía el peligro de romperse una pierna en las noches sin luna.

Las mujeres, en cambio, tenían una idea más poética aunque no menos egoísta de las obligaciones de la Virgen y se reunían a su alrededor cuando las barcas estaban afuera, más para envidiar su manto de fino terciopelo, sus puntillas y sus collares

"He was the only one who knew her name. He remembered it from when she'd been brought from Spain, a gift from fishermen of other seas. A pretty statuette, with layers of lace that looked like foam, and a little sad. A pretty statuette, and better still, miraculous; anyway, that's what they said. That's why She never lacked a carefully lighted candle, or two, or three. Until there was a whole collection of votives in tin cans, more to tempt Her to grant wishes than in gratitude for some cure She hadn't performed—a little like those plaster eggs left in nests to encourage hens to lay more eggs. But this, clearly, wasn't a miracle-laying statuette, although those who brought Her swear to the contrary, and you can't ignore that kind of faith."

At first, the fishermen thought the image would have to be allowed to get used to the place. Ironically, someone said that She should be tempted with suitable bait, but the fishermen shook their heads: the ways of Heaven had nothing to do with the secrets of good fishing.

While they prepared hooks on the long line to catch salmon, or mended the seines, they never stopped thinking of Her, hoping for some miracle. When they returned, their ships loaded to the gunnels, they knew very well that their catch was no miracle at all, but a fulfillment of the law of the sea, in effect long before She had appeared in the village. On the dock, as they flung the salmon through the air onto the truck, they thought pragmatically to themselves: A true miracle would be finding a good concrete dock under our feet one morning instead of those rotting boards, where lurked the danger of breaking a leg on a moonless night.

The women had a more fanciful, although no less selfish, idea of the Virgin's obligations. When the boats were out of port, they gathered around Her, more to envy her fine velvet

107

de plata que para rezar y pedir la vuelta de los hombres que se habían hecho a la mar.

El viento podía entonces andar como por su casa en el esmirriado pueblecito. Venía galopando por el vasto desierto y desierto encontraba allí también, con las mujeres en la iglesia y los hombres en alta mar: trabajo y fe, la perfecta combinación para el viento que se iba hasta la playa a correr como un loco y a jugar con la Maria.

Es tan fácil jugar con el viento, dejar que se le cuele a una por entre las piernas o que se le enrede en el pelo y la haga reír...

—Mirala vos a esa loca, siempre haciendo escándalos. Ya no tiene edad para juntar caracoles y andar corriendo descalza y muerta de frío.

—Es hora de que se busque algún buen muchacho y no perturbe más a nuestros maridos.

En su casa la María tenía una larga ristra de collares de caracoles y no le interesaba envidiar 106 collares de plata de la Virgen, por eso nunca iba a la iglesia e ignoraba que las mujeres trataban de indisponer a la imagen en su contra diciéndole que ella era una nueva Eva mandada para seducir a sus hombres, o, peor aún, la venenosa serpiente con cuerpo de mujer esperando agazapada para saltar y morder y traer el pecado al pueblo. El pecado, total, corría como el buen vino por el pueblo, pero qué les podía importar eso a las mujeres mientras fueran ellas las beneficiarias, mientras fueran sus propias virtudes las que se escurrían felices por entre la trama por demás generosa de las redes de sus maridos. Pero la María libre sobre la arena era la amenaza de que algún día se habría de romper el orden preestablecido dejándolas con un palmo de narices.

—Virgencita, imagen santa, dame un género azul para hacerme un vestido que si no la María me lo quita al Ramón.

—Ay, Virgencita, pensar que lleva tu nombre y es el mismo demonio. Ayer lo vi a mi marido que la estaba mirando y le

cloak, the lace trim, and the silver necklaces than to pray for the safe return of the men at sea.

The wind could then move freely round the little town. It came galloping across the vast desert and found it deserted there as well, the women in church and the men on the high seas: work and faith, the perfect combination to let the wind run unchecked toward the beach and whirl about wildly and play with María.

It's so easy to play with the wind, to let it pass between your legs or entangle itself in your hair until you have to laugh...

"Look at that mad creature, making a fool of herself. She's too old to spend her days collecting shells and running around barefoot."

"It's time for her to find some nice boy and stop upsetting our husbands."

María never looked enviously at the Virgin's 106 silver necklaces, because she had a long necklace of her own, of snail shells. She never went to church either, and she ignored the women who tried to turn the Virgin against her with stories of María as a new Eve sent to seduce their men or, even worse, a venomous serpent with the body of a woman, ready to spring, bite and bring sin on the village. Sin already flowed through the village like good wine, but what did that matter while the women were the beneficiaries, while it was their own virtue that happily slipped through the weave of their husbands' otherwise generous nets. Free on the beach, María was the threat that someday would break the long-established order, leaving them out in the cold.

"Little Virgin, saintly figure, give me blue cloth so I can make myself a new dress. Or María will take my Ramón away."

"Oh, Little Virgin, to think that she carries your name! She is the devil itself! Yesterday I saw my husband looking at her.

brillaban los ojos como nunca le brillaron conmigo porque ella lo tiene engualichado.

La Virgen tenía cara de comprenderlo todo y sin embargo mes tras mes la María seguía correteando por ahí como una salvaje y el tiempo que pasaba no hacía más que aumentar el deseo de los hombres. Pero para qué iba a querer hombres la María, con las caricias del viento que eran tanto más suaves y desinteresadas.

Mientras tomaban su vino en el único café frente a los muelles, los pescadores no miraban la desembocadura del río ni vigilaban la llegada de la creciente que les permitiría salir. No. Tenían los ojos fijos en el lugar por el que tarde o temprano debía pasar la María, con la cabeza cubierta de algas.

Entre acecho y acecho fue llegando el verano, casi sin hacerse desear. Un día por fin apareció el sol, el mar se detuvo para tomar aliento y el frío desierto detrás de las casas brilló con inesperadas tonalidades rojizas. Ese día los pescadores no salieron. Se quedaron en el café frente a sus vasos esperando ver pasar a la María: flotaba en el aire un resplandor que presagiaba grandes acontecimientos y los grandes acontecimientos no eran moneda corriente en esas latitudes. Cuando el sol ya se estaba poniendo, acarreando tras de sí una manada de nubes rosadas, apareció por fin la María. El vestido mojado le dibujaba el cuerpo: se había hecho amiga del mar por despecho, porque el viento la había abandonado. Muchos pares de ojos la siguieron en su camino de vuelta, muchos posibles amigos que podrían darle más satisfacciones que el viento o el mar. Fue un minuto de silencio para los hombres que lanzaron un mudo suspiro o un mudo llamado aunque después siguieron bebiendo como si nada hubiera pasado y acabaron por irse a sus casas con el deseo por la María martillándoles en el alma.

Felipe, el recién casado, encontró la única flor del pueblo escondida entre unas maderas podridas a pocos pasos de su

His eyes were shining as they have never shone for me. She has bewitched him!"

The Virgin had a face that seemed to understand everything. And yet, month after month, María continued to run, free and wild, and so did the desire of the men. But why should María want men, when the caresses of the wind were so much softer and asked nothing of her?

As they drank their wine in the café across from the wharfs, the fishermen didn't look at the mouth of the river or keep vigil for the high tide that would permit them to go out. Their eyes were fixed on the spot where, sooner or later, María would pass by, her hair tangled with seaweed.

After a long wait the summer came at last. One day the sun appeared, the sea paused to take a breath, and the cold wasteland beyond the houses glistened with unexpected reddish tones. The fishermen did not leave port, they stayed in the café, their glasses before them, hoping to see María pass by; in the air a radiance that predicted important events and important events are not common currency in those latitudes. As the sun was setting, herding a flock of rosy clouds, María appeared. Her soaked dress outlined her body: she had made friends with the sea in defiance of the wind that had abandoned her. Many pairs of eyes followed her as she walked home, many potential friends who thought they could give her more satisfaction than the wind or the sea. It was a moment of silence, of muted sighs, of unuttered calls. Then they continued drinking as if nothing had happened, and went home with desire for María pounding in their hearts.

Felipe, who was recently married, found the only flower in the village where it grew hidden between some rotted boards a

casa. La recogió para su mujer pero después de madura reflexión dio media vuelta y fue a la iglesia a dejársela a la Virgen:

—Te pido una sola cosa, yo que nunca te pedí nada. Y te traigo la única flor silvestre que ha crecido en este puerto. Nunca te pedí nada pero ahora quiero que la María sea mía. Haz que la María esté conmigo aunque sea una sola vez y te traeré todas las flores de los rincones más apartados.

No sólo Felipe tuvo esa noche la brillante idea de pedirle la virgen a la Virgen, como corresponde. Si hasta Hernán Cavarrubias cargó bajo su brazo único la pesada farola de bronce que era su tesoro para dársela a la Virgen y pedirle el milagro de conseguir a la María. Total, arguyó, si de milagros se trata no hay razón para que un manco tenga menos suerte con una mujer que un hombre completo.

A la mañana siguiente las barcas salieron al alba cargando una esperanza. Y al llegar a la barra, el punto de verdadero peligro, los pescadores se despreocuparon de sus timones y quedaron mirando la playa a su derecha por donde aparecía el sol porque la María ya se estaba bañando a esas horas, desnuda.

Las mujeres llegaron a la iglesia un poco más tarde con algunos regalos y algunos pedidos a flor de labios para la Virgen de los Milagros, pero descubrieron que el altar ya estaba cubierto con otras ofrendas. Al principio sintieron un odio profundo y profundos celos ante esa imagen que acaparaba toda la generosidad de sus hombres, pero muy pronto cayeron en la cuenta de que no debía ser por una mera estatua que los hombres se desvivían, que las caracolas y la flor y el anillo y hasta la conocida farola de Hernán Cavarrubias estaban allí implorando algo que sólo podía tener olor a hembra.

Hubo un largo conciliábulo en la iglesia, y por fin decidieron ir a consultarla a la vieja Raquel llevándole los regalos destinados a la Virgen, ya que la vieja tenía fama de

few feet from his house. He plucked it for his wife but, after careful thought, turned around and went to church to place it at the feet of the Virgin.

"I, who have never asked for anything, ask for only one thing. I bring you the only wild flower that has grown in this port. Never have I asked you for anything, but now I ask that María be mine. Make María come to me, even if only once, and I'll bring you all the flowers from the most remote nooks & crannies."

Felipe was not the only one that night to have the brilliant idea of asking the Virgin for help in getting the virgin. Among the others was Hernán Cavarrubias, carrying his heavy bronze lantern, his treasured possession, under his only arm to give to the Virgin when he asked Her to make María his. After all, he argued, if we're dealing in miracles, there is no reason a one-armed man should have less luck with a woman than a whole man.

The following morning, the boats left at dawn, filled with hope. When they reached the sandbar, the point of real danger, the fishermen neglected their helms and gazed back at the beach, where the sun had risen and María was bathing naked.

The women went to church a little later that day, carrying gifts along with fervent prayers for the Virgin of Miracles. But they found the altar already covered with offerings. At first they felt hatred and jealousy. The Virgin was monopolizing the generosity of their men. But it didn't take long for them to realize that it couldn't be just the statue that the men were so interested in. The shells and the flower and even Hernán Cavarrubias's well-known lantern were there asking for something that could only smell of a woman.

They held a long secret meeting in the church, and decided to consult old Raquel and bring her the gifts intended for the

bruja y podía ser imparcial, sin ningún hombre de su familia que perder en el juego.

La vieja Raquel bien que sabía del fondo de las almas:

—Esa mujer les ha chupado el seso porque está muy lejos, porque ellos saben que a pesar de todos sus pedidos y ofrendas y posibles milagros, nunca la van a alcanzar. No piensan más que en ella porque total soñar no cuesta nada y siempre lo que no se tiene parece mejor que lo que está al alcance de la mano. Pero dejen que la cacen algún día; bastará con que uno la toque para que los demás ya no quieran saber nada y se olviden de ella.

—Es que no la quieren tocar. Si no ya la hubieran agarrado alguna noche oscura como nos agarraron a nosotras. Prefieren tenerla así para desearla sin problemas.

—¿Por qué la van a ensuciar si total es tan fácil dejarla como está? Si ella no hace nada para tentarlos demasiado, ni siquiera los busca.

La vieja se quedó pensando un buen rato con la cabeza hundida entre los hombros, bulto negro y caliente como una lechuza. Por fin dijo:

—Todo depende de ustedes, ahora. De la voluntad que pongan en recuperarlos... Hoy es el día de la Virgen porque hoy hace tres años que nos la trajeron. Ustedes van a organizar una gran fiesta y el vino va a correr en cantidad. Hasta podemos hacer una procesión, y poner a la Virgen en un altar sobre un muelle. El padre Antonio nunca se niega a estas cosas. Elijan ustedes a un hombre, señálenmelo y yo me encargo de largárselo a la María...

Sin decir una palabra las mujeres volvieron a sus casas y empezaron a preparar las tortas de pescado y a freír los langostinos para la fiesta. Inclinadas sobre sus sartenes reían solas al pensar en la noche, en el vino y en la humillación de la María.

Pasaron toda la tarde instalando mesas y bancos frente al muelle, armando el altar con flores de papel, apilando

Virgin: the old woman was a famous witch, and she could be impartial, for she had no man to lose.

Old Raquel well knew the depths of the human soul.

"That woman has addled their brains because she's out of reach. They know that with all their pleas and offerings they'll never have her. They think of nothing else. Dreaming costs nothing, and the grass is always greener in the next man's yard. Wait till she's caught; as soon as one man touches her, the rest won't want her."

"But they don't want to touch her, or by now they would've grabbed her some dark night. The way they've grabbed us. They prefer her the way she is."

"Why defile her when it's so easy to let her be? She doesn't try to tempt them, and she doesn't go after them."

The old woman was thoughtful, her head sunken between her shoulders, hard and black and bulging as an owl's. Finally she spoke.

"It all depends on you now, on how hard you try to get them back... Today is the Day of the Virgin, exactly three years since She came to us. Go make a big celebration, with plenty of wine. We can even have a procession, put the Virgin on an altar at the wharf. Father Antonio never refuses these things. Then choose a man. Point him out to me, and I'll see that he goes after María."

Silently, the women went home and began frying fish cakes and shrimp for the fiesta. Bent over their stoves, they laughed to themselves as they thought about the night, the wine, and the humiliation of María.

In the afternoon they set up tables and benches facing the wharf. They framed the altar with paper flowers and set huge

damajuanas. A la hora del ocaso las barcas cruzaron la barra una tras otra. Un poco más allá los pescadores vieron a la María que de nuevo estaba jugando entre las olas con el pelo flotando como una medusa... Ninguno se decidió a detener su barca y fueron entrando todos en fila india por la boca del río. Una suave música los iba acompañando porque lo primero que oyeron fue el acordeón de Olimpio. Y a medida que se acercaban al puerto empezaron a ver las mesas tendidas, las lámparas de petróleo, las damajuanas de vino y el altar vacío. Es el día de nuestra Virgen, es el día de nuestra Virgen, les gritaban desde la tierra las mujeres enardecidas, sabiendo hasta qué punto decían la verdad.

La fiesta arrancó con cierta tirantez porque los hombres pensaban en la María que nadaba a pesar del frío en un mar ensangrentado por la puesta del sol. Todo se fue asentando gracias al vino y a las brasas sobre las que se cocinaba el salmón, hasta que el padre Antonio decidió que ya era hora y los guió hasta la iglesia. Por primera vez la Virgen salió bajo su palio a recorrer un pueblo que casi no conocía. El polvo de los caminos le endurecía las puntillas mientras los pescadores entonaban lo que ellos creían ser salmos pero que más se parecían a lánguidas canciones de marineros borrachos... Acabaron por ponerla frente al altar improvisado, le encendieron velas y se quedaron mirándola sin saber qué hacer, como esperando el milagro. Las mujeres supieron aprovechar el desconcierto para servir más vino y empezar el baile. Nunca se había visto nada igual sobre los sobrios muelles pero ¿qué importancia podían tener las tradiciones cuando estaba en juego todo el honor femenino del pueblo? Algunas mujeres bailaron sobre las mesas, otras hicieron volar sus polleras con demasiada violencia. Sólo la vieja Raquel quedó frente al altar como sumida en sus oraciones. Por fin reunió a las mujeres para decirles:

—Ha llegado el momento. Ahora ustedes elijan al hombre que yo me encargo del resto.

jugs of wine all around. At sunset the boats crossed the sandbar, one behind the other. Farther down the shore, María was playing in the cold waves again, her hair streaming like Medusa's. Not one of them could decide to stop his boat, and they entered the mouth of the harbor in single file. As they sailed in, they heard the sounds of Olimpio's accordion. Drawing closer to port, they could see the tables, the oil lamps, the jugs of wine, and the altar. "It's the Day of Our Virgin, the Day of Our Virgin," the inflamed women shouted from on land, knowing the full truth of that statement.

There was a certain tension at the fiesta. The men were thinking about María who, in spite of the cold, was swimming in the sea bloodied by the setting sun. Things were settling down thanks to the wine and the coals that cooked the salmon, when Father Antonio decided it was time to lead them to the church. For the first time the Virgen was brought out under her canopy to survey a village she barely knew. Dust from the streets hardened the lace borders of Her gown, while the fishermen intoned songs that they believed were psalms but which sounded more like the woeful ballads of drunken sailors. The procession ended when She was placed in front of the improvised altar.

They lit candles to Her and stood there gazing at Her, as if waiting for the miracle. The women took advantage of the confusion to serve more wine and begin the dance. Nothing like it had been seen before on those sober docks, but how important could traditions be when all the female honor in the village was at stake? Some women danced on the tables, others whirled their petticoats furiously. Only old Raquel remained at the altar, as if submerged in prayers. Finally she spoke to the women.

"The time has come. Choose your man and I'll do the rest."

—No quiero que sea mi marido—gritó una.

—Ni el mío. Ni mi padre. Ni mi hermano. Ni mi hijo—corearon las otras.

Hasta que la vieja se enojó:

—¿Hicieron toda la fiesta para echarse atrás al final? Tienen que hacer un sacrificio, nada más que un sacrificio para la Virgen y después van a poder vivir en paz sin soñar con la María.

Pero las mujeres se empecinaron en su negativa y la vieja ya se alejaba mascullando entre dientes cuando una de ellas la alcanzó:

—Llámelo a Hernán Cavarrubias, que no tiene mujer, ni madre, ni hijas. El se la merece a la María.

Si la vieja pensó en la mezquindad de las mujeres no lo hizo notar. Se quedó un rato como ausente y después fue a buscar a Cavarrubias para decirle que había tenido una visión: la María lo amaba y lo llamaba, debía estar esperándolo en algún rincón del pueblo porque tenía vergüenza de entregarse. Y sobre todo, agregó, no se olvide de tomarla por la fuerza porque a ella le gusta así.

—Es el milagro. La Virgen me ha escuchado porque le regalé mi farola. Y con la ayuda del vino salió corriendo hacia la casa de la María para hacerla suya.

Con cada vaso que iban sirviendo, las mujeres desparramaban la noticia hasta que no hubo hombre alguno en los muelles que no supiera lo de Hernán Cavarrubias y que no estuviese devorándose de envidia, esperando la vuelta del manco.

Cavarrubias volvió mucho antes de lo que se esperaba y con aire de derrota:

—La María desapareció. No está en su casa ni en las calles ni en el almacén ni a orillas del mar. Se la tragó la tierra.

Los otros pensaron que quizás era el mar el que se la había tragado, y mejor así porque podían seguir deseándola, como antes. Mientras tanto Cavarrubias se lamentaba frente al altar

118

"Not my husband," one woman said.

"Not mine either. Nor my father. Nor my brother. Nor my son," chimed in the others.

The old woman was angry.

"So you worked at having the fiesta in order to throw it away at the last minute? You have to make a sacrifice to the Virgin, and then you'll live in peace with no María in your dreams."

But the women were stubborn. Raquel walked away mumbling.

"Call Hernán Cavarrubias, who has no wife or mother or daughter. He deserves María," a woman shouted after her.

If the old woman thought about the women's selfishness she didn't let on. For a brief moment she was silent. Finally she went looking for Cavarrubias. She told him that she had had a vision: María loved him and was calling him, she was hiding somewhere in the village because her desire made her shy. He must take her by force because that was what she liked.

"It's a miracle. The Virgin has listened to me because I offered Her my lantern," he said. The wine gave him courage, and he ran off to find María and make her his.

With each glass they served, the women spread the news. There was not a man on the wharf who didn't know about Hernán Cavarrubias and who was not consumed by envy, awaiting the return of the armless one.

Cavarrubias returned much sooner than expected, defeated.

"María's gone. She isn't at home or on the streets or at the store or on the beach. The earth has swallowed her up."

The men thought that perhaps the sea had swallowed her; it was better that way, because now they could continue to desire her as before. Meanwhile, Cavarrubias was bitterly lamenting

improvisado y trataba de arrancar algún consejo a la Virgen. De pronto se dio cuenta de que era Ella la culpable de todo se levantó de un salto para imprecarla:

—La culpa la tiene la Virgen—empezó a gritar—que se quiso burlar de mí a pesar de la farola. Nunca nos ha querido. ¿Acaso alguno de ustedes se acuerda de haber recibido algo de Ella?

Por su lado las mujeres, contritas, estaban cuchicheando a un costado del muelle, lamentándose de haber mandado al manco que no tenía por qué conseguir nada, de no haber sido lo suficientemente valientes para sacrificar a alguno de sus hombres y acabar con el mito de la María para siempre. Hasta que una de ellas irguió la cabeza por encima del grupo:

—Nosotras no tenemos la culpa. Nosotras siempre le pedimos amparo a la Virgen y esto es como si Ella nos hubiera vuelto la cara. Al fin y al cabo sólo queríamos que nos devolviera el deseo de los hombres, que era nuestro. Nada que pudiera ofenderla, todo lo contrario, y si no nos hizo el favor es porque quiso humillarnos.

Poco a poco el pueblo entero se fue juntando frente a la imagen, con toda la dosis de despecho acumulado, de pedidos insaciados. Alguien la bajó del altar improvisado y los reproches empezaron a llover sobre ella con furia. Fue un juicio muy somero, y la condena empezó cuando Hernán Cavarrubias le tiró la primera piedra.

his fate, trying to extract some consolation from the Virgin. Suddenly he realized that it was all Her fault.

"The Virgin is to blame," he shouted. "In spite of the lantern, She made me look bad. She never loved us. We have never gotten anything from Her, have we?"

At the other end of the wharf, the women were whispering, reproaching themselves for having sent the one-armed man who had nothing to lose, for not having been brave enough to sacrifice one of their own husbands and put an end to the myth of María forever. Finally one of them lifted her head above the group and spoke out.

"It's not our fault. We asked the Virgin for help and this is what She does. We were only after what was ours, our men wanting us. Nothing that could have offended Her, to the contrary, and if She didn't do us the favor, it's because She wanted to humiliate us."

Little by little, a crowd had gathered in front of the Virgin, with the full measure of accumulated grudges and prayers. Someone lowered Her from the altar, and the reproaches were hurled at Her with fury. A judgment was quickly reached, and the penalty executed. Hernán Cavarrubias hurled the first stone.

tr. Hortense Carpentier and J. Jorge Castello

LOS MENESTRELES

—¿Para qué vuelves a preguntarme cómo se llamaban? Si ya lo sabes, ya lo sabes. Te lo he repetido veinte veces, sílaba por sílaba, letra por letra. Conoces el nombre de memoria, ¿para qué vuelves a preguntármelo?

El chico no se daba cuenta de que a veces la torturaba y agachó la cabeza, ofendido, mordiéndose los labios y dejando que el pelo renegrido le cayera sobre la frente hasta taparle los ojos. Frunció el ceño, también. No quería que le anduviera con vueltas, no le importaba saber cómo se llamaban, lo que quería era oírlo en boca de su madre porque cuando ella pronunciaba el nombre se le escapaba ese campanilleo en la voz que a veces era triste pero que otras veces resonaba con un profundo placer. Claro que no iba a andar insistiendo, eso no era cosa de hombres. Para disimular quiso recoger de entre las patas traseras de la vaca una piedra de las lindas, las que se deshacen al chocar contra la pared dura del establo. Al agacharse la vaca mansa le pegó un golpe en la cara con la cola y la madre rió, quebrando la tensión, y largó el nombre:

—Se llamaban los Menestreles.

El chico levantó la cabeza de inmediato, pero fue demasiado tarde. Sólo pudo pescar las últimas notas de la risa donde ya no había ni ese dolor ni esa angustia que a él le gustaba descubrir detrás de la alegría.

En todo el pueblo del Bignon no había otra como su madre. La gente le tenía respeto, aunque pidiera fiado, y eso que se

THE MINSTRELS

"Why do you keep asking what they are called? You already know. I've told you twenty times, letter by letter, syllable by syllable. You know it by heart. Why do you ask me again?"

The boy didn't realize that he was torturing her, and he lowered his head, hurt, biting his lips. The pitch-black hair fell over his forehead. He didn't want to anger her; their name was not what mattered. What did matter was the word from his mother's lips. When she said it, a small bell-like sound broke loose in her voice, the voice that was sometimes sad but at other times resonated with deep pleasure. Of course, he wasn't going to insist, that wasn't a man's way. Rather it was to pretend indifference. He reached over to pick up a pebble that lay on the ground between the hind legs of the cow, a perfect pebble, the kind that shatters when it is thrown against the hard barn wall. As the boy bent over, the docile cow's tail swatted him in the face, and his mother laughed.

"They were called the Minstrels." The name burst out of her.

The boy raised his head as soon as she spoke, but it was too late. He could only catch the last notes of her laugh, in which there was neither the pain nor the anguish that he liked to hear behind the gaiety.

There was no one like his mother in the entire village of Le Bignon. People respected her even though she always asked for

llamaba Jeanne, como cualquier otra, un nombre de campesina. Él, en cambio, se llamaba Ariel. Ariel adoraba su nombre y lo odiaba al mismo tiempo. Podía repetirlo de noche cuando estaba solo en su cama alta hundido en el espeso colchón de lana que se tragaba los sonidos, o cuando andaba por el campo durante la trilla y veía a los hombres trabajar a lo lejos y podía revolcarse en el heno fresco y perfumado. Ariel... pero cuando tenía que decirlo en el colegio y los grandes venían a burlarse de él y le preguntaban ¿cómo te llamas, ricurita? y le acariciaban la cabeza esperando encontrar un pelo sedoso y manso, no duro y salvaje como en verdad tenía, sólo sabía dar media vuelta y escapar sin contestarles. Y desde lejos les gritaba Ariel, Ariel, arrepentido de su cobardía y pensando que después de todo Ariel rimaba con menestrel, Arieles y Menestreles.

Aquellas tardes de huida volvía a la granja con la vergüenza quemándole la espalda. Los cuatro kilómetros a pie desde la pequeña ciudad de Meslay hasta Les Maladières no bastaban para refrescarle las mejillas. Abandonaba con desgano la carretera asfaltada y no sentía ningún placer al hundirse en el barro del camino, o al patear las piedras frágiles o al empujar el manzano seco para ayudarlo a acostarse de una buena vez. Los días de vergüenza (vergüenza por no haberse atrevido a pronunciar su nombre) no saludaba a los vecinos de las otras dos granjas que encontraba en el camino de tierra ni se inclinaba sobre la charca de los patos para tratar de descubrir por fin los peces dorados que vivían en el fondo de las aguas glaucas. Y por último, al empujar la tranquera destartalada de Les Maladières, no corría hasta el establo chico donde su madre debía de estar ordeñando a esa hora del atardecer.

Esos días era ella quien lo llamaba:

—¡Ariel!

Así, con un grito seco y prescindente, y él se sentía liberado y corría a refugiarse en su falda tibia, entre las piernas abiertas

credit and even though her name was Jeanne, a peasant's name. He was called Ariel. Ariel loved and hated his name. He repeated it at night when he was alone in his high bed, buried in the thick woolen mattress that swallowed up sounds, or when he walked through the fields during threshing time and saw the men at work in the distance, or when he romped in the fresh sweet-smelling hay. Ariel... But when he had to say it in school, when the bigger children taunted him and asked, "What's your name, pretty boy?" and patted his head, expecting his hair to be soft and silky rather than hard and wild as in fact it was, all he could do was turn around and run. From afar he would shout, "Ariel, Ariel," regretting his cowardice and thinking that after all Ariel rhymed with minstrel, Ariels and Minstrels.

On those afternoons of flight he would return to the farm burning with shame. The three miles on foot from the small town of Meslay to Les Maladieres were not enough to cool his cheeks. He left the asphalt road reluctantly, and he took no pleasure in sinking into the muddy path or kicking the fragile pebbles or pushing against the withered apple tree to help it fall down once and for all. On those days of shame (shame at not having had the courage to say his name) he didn't greet the neighbors he passed on the dirt path or lean over the duck pond to find the goldfish that lived at the bottom of the grayish-green water. And, finally, when he pushed open the rickety wooden gate at Les Maladieres, he did not run to the small barn where his mother usually was milking the cow at that hour of dusk.

On those days she would call him.

"Ariel!"

That call had a dry and special sound; he felt relieved and ran to take refuge in her warm skirt, between her open legs and

bajo la ubre de la vaca. Ella le alcanzaba entonces su tazón de leche viva y Ariel se purificaba mientras la escuchaba decir, dulcemente:

—Tienes los ojos de Henri, así de azules y de hondos. Era él que cantaba con más fuerzas las canciones alegres. Las gritaba, casi, y yo temblaba de miedo: los alemanes podían oírlo y venir a sacármelos a todos. Tienes los ojos iguales a los de Henri... Yo lo miré mucho a los ojos y quise guardármelos.

Madre e hijo quedaban en silencio, después, envueltos por el olor caliente del establo, hundidos en pensamientos sobre Henri que se entremezclaban mientras la vaca mugía de impaciencia.

Jeanne la fuerte (como le decían en el pueblo donde la habían visto crecer) le decía en otras oportunidades a su hijo:

—Tienes las manos de Antoine... Eran largas y finas, no hinchadas como las mías, y tocaba la mandolina como si fuera un ángel con su arpa.

O bien:

—El pelo, así hirsuto como los matorrales de nuestro campo, era el pelo de Joseph...

Y Ariel se sobresaltaba y le sacudía el brazo hasta hacerle doler.

—¡No, mamá, no¡ Si me habías dicho que era el pelo de Alexis. ¿Te estarás olvidando, ya?

Y Jeanne la fuerte reía con esa risa triste y débil que él tanto amaba:

—¿Cómo quieres que me olvide? ¿Cómo podría olvidarme de ellos? Pero tienes razón; Joseph tenía el pelo negro también, pero suave bajo la caricia. En cambio, Alexis... duro, como él tuyo, y yo me reía porque no se lo podía peinar. De eso tampoco, ¿ves?, me olvidaré jamás.

Y no era como para olvidarse, tampoco, porque todo había empezado una de esas mañanas de mayo tan claras que parecen soñadas. Georges Le Gouarnec, su marido, había acabado por irse a la guerra él también. Veo que ahora necesitan hasta a los

under the cow's udder. She would hand him his bowl of warm milk, and Ariel was purified as he listened to her sweet voice.

"You have Henry's eyes, blue and deep. Yves was the one who sang happy songs the loudest. He shouted them, almost, and I trembled with fear: the Germans might hear him and take all of them away from me. You have the same eyes as Yves...I looked at them a great deal and I wanted to keep them with me."

Mother and son sat silent, surrounded by the warm smell of the barn, buried in their thoughts of Yves, while the cow lowed impatiently.

On other occasions, Jeanne the Strong (as they called her in the village where she grew up) would tell her son, "You have Antoine's hands... long and slender, not pudgy like mine, and he played the mandolin like an angel playing the harp."

Or else, "Your hair is as bristly as those thickets out there, just like Joseph's...."

And Ariel would leap up and shake her arm until it hurt. "No, Mama, no! You told me it was Alexis's hair. Have you forgotten already?"

And Jeanne the Strong would laugh with that delicate and sad laugh he loved so much.

"How could I forget? You're right; Joseph's hair was black too, but soft to the touch. But Alexis's was hard, like yours. I used to laugh because he couldn't comb it. I'll never forget that."

And it wasn't to be forgotten either, because it had all begun on one of those mornings in May that are so clear they seem dream-like. Georges Le Gouarnec, her husband, had just gone off to the war. "I see they need drunkards now," Jeanne

borrachos, le había dicho Jeanne como despedida y cuando él volvió sobre sus pasos no fue para darle un beso a su mujer sino para agregar a su mochila las dos últimas botellas de aguardiente casero que antes había decidido no llevar. Luego se había ido dejándola sola para hacer todos los trabajos de la granja. Ella hizo lo que pudo, pero el viejo tractor quedó arrumbado en el hangar, y tuvo que contratar hombres para la siembra y la cosecha de su pequeño campo y la mayor parte de las manzanas se pudrieron al pie de los árboles porque ella sola no podía hacer sidra, ni le interesaba. Pero después de largos meses empezó a extrañarlo a su Georges, cuando vino la primavera y los trabajos de la granja se hicieron demasiado pesados.

En aquellas mañanas de mayo, sin embargo, se sentía liviana y casi corría mientras arreaba la manada de gansos hasta los comederos. Tenía ganas de tirar su larga pica por el aire y de bailar con las faldas recogidas sobre las botas de goma. Los gansos graznaban, sin embargo, y levantaban los picos y parecían de mal humor; por eso ella les iba gritando a voz en cuello hasta que los gritos se volvieron a meter en la boca porque los vio llegar cantando suavemente por el camino de tierra que lleva a la chacra de los patos y a las granjas vecinas. A duras penas podía oír la canción pero Jeanne sabía que iban cantando algo dulce porque se movían igual que los álamos frente a la iglesia en los atardeceres de otoño.

Cerró los ojos y los contó como se le habían grabado en la memoria: eran nueve. No podía ser, no podían existir nueve seres idénticos. Sería uno, dos a lo sumo, y su soledad le hacía jugarretas y le multiplicaba a los hombres. Abrió los ojos de nuevo y los vio claramente contra la pared parda y áspera de la casa. Habían callado y se mantenían en fila frente a los gansos. Eran nueve, en efecto, y diferentes aunque todos igualmente encorvados bajo el peso de sus mochilas.

Jeanne quiso acercarse hasta ellos y sintió en las piernas el calor de las plumas de los gansos y en la cara el calor de la

had said to him in farewell. He walked away and then came back, not to kiss his wife but to put the last two bottles of homemade brandy in his knapsack. He had left her alone on the farm. She did what she could, but the old tractor stayed idle in the shed, she had to hire men to sow and harvest her small farm, and most of the apples rotted on the ground because she couldn't make cider, nor did it interest her. When spring came, and the farm work made too many demands on her, she began to miss her Georges.

Nevertheless, on those May mornings she felt lighthearted and almost ran as she drove the flock of geese to the feeding trough. She would have liked to toss her long-handled pick into the air and dance with her skirts swinging above her rubber boots. The geese cackled as usual, with their beaks pointing to the sky, seemingly in ill humor. She screamed at the geese until she saw them coming, singing softly as they walked down the dirt road that went past the duck farm and the neighboring farmhouses. She could barely hear their song, but Jeanne knew that something sweet was being sung by the way they swayed together, like the poplars in front of the church in the breeze of autumn dusks.

She closed her eyes and counted them as if they were engraved in her memory: there were nine. Impossible. You can't have nine identical human beings. Maybe two, or three at the most; her loneliness had played a nasty trick on her and multiplied the men. She opened her eyes and saw them clearly against the rough wall of the farmhouse. They had stopped singing and stood in a row facing the geese. There were nine, truly, each one different although each back was curved in the same way under the weight of a knapsack.

Jeanne wanted to go closer to them; she felt the heat of the goose feathers against her legs and the heat of the men's stares on her face. It had cost her dearly to walk among the flock of

mirada de los hombres. Le costó trabajo pasar entre las aves que eran veinticinco, entonces, y no se animó a mirar de frente a los desconocidos, secándose las manos en el repasador que le colgaba de la cintura.

En ese momento Ariel levantó la cabeza:

—¿Te estás acordando de algo nuevo, mamá?

Ella abandonó los recuerdos para volver a su hijo:

—No, de algo nuevo no. Ya te lo conté todo, todo. No me queda nada más por recordar, sino tan sólo empezar otra vez.

—Pensabas en el día en que llegaron...

—Así es.

—Y yo, ¿dónde estaba?

—En el cielo, todavía. Bajaste muchos meses después.

—Por eso no los ví. ¿Pero estás segura de que me lo contaste todo?

—Segurísima.

Todo no, claro. Hay cosas que no se le pueden contar a un chico de ocho años aunque tenga el pelo de Alexis y las manos de Antoine y la voz que prometía ser la voz de Michel.

Michel fue el primero y lo eligió ella por que cantaba mejor que los otros y era el solista de la voz grave y cuando abría la boca los demás se callaban. Ariel, la voz de Michel. Algún día tendrás esa voz de Michel, hijo mío.

Huían de la guerra y no encontraron mejor lugar para esconderse que esa granja perdida en medio de la tierra pobre y salvaje cerca de la Bretaña. En la bodega sólo quedaba un barril de sidra y Jeanne la fuerte tuvo ganas de llorar porque Georges Le Gouarnec se había ido antes del otoño sin preparar más y en cambio, cuando él estaba allí, toda la casa se llenaba con el perfume de las manzanas. Y luego venía desde el granero donde estaban los alambiques ese otro olor que ella odiaba pero que hubiera querido sentir cuando ellos llegaron. Aguardiente, millones de botellas, todas las que se había tomado Georges Le Gouarnec en su vida, de la mañana a la noche, Jeanne hubiera querido recuperarlas para retener a sus

geese, and she didn't dare to look directly into the faces of the strangers as she dried her hands on the kitchen towel that hung from her waist.

At that moment Ariel raised his head. "Is it something new you're remembering, Mama?"

She set aside her memories to return to her son.

"No, not something new. I've told you everything. There's nothing more for me to remember, only to begin again."

"You were thinking about the day they came...."

"That's true."

"And where was I?"

"Still in heaven. You came down many months later."

"That's why I didn't see them. But are you sure you've told me everything?"

"Very sure."

Not everything. There are things a child of eight cannot be told, even if he has Alexis's hair and Antoine's hands and a voice that promises to be Michel's voice.

Michel was the first, and she had chosen him because he sang better than the rest; he was the soloist, with the deep voice, and when he opened his mouth, everyone else fell silent. Ariel, the voice of Michel. Someday you will have Michel's voice, my son.

They were fleeing from the war, and they had not come upon a better place to hide than this isolated farm in the middle of the poor and wild land of Brittany. Only one barrel of cider was left in the cellar, and Jeanne the Strong wanted to cry because Georges Le Gouarnec had gone away without preparing more. On the other hand, when he was there and the whole house was filled with the smell of apples, there was that other smell that came from the loft where he kept the still, that other smell that she hated but which she longed to smell again. Brandy, millions of bottles, all those Georges Le Gouarnec had drunk throughout his life from morning to night, and which

nueve hombres que cantaban canciones y contaban historias tristes.

Retenerlos. La primera noche fue para Michel, elegido por ella. Los otros se instalaron en las dos cuchetas y en el piso del comedor y ella volvió, por primera vez después de la partida de su marido, al dormitorio y a la cama alta y profunda donde se hundió en compañía de Michel.

—¿Cómo se llamaban, mamá?

Esta vez la tomó desprevenida y por eso contestó simplemente:

—Los Menestreles.

Ya había entrado los dos tarros de leche y le estaba dando de comer a la chancha que iba a tener cría. Mandó a Ariel a recoger huevos del gallinero.

—Y no rompas ninguno, como Robert, que volvía con el canasto chorreante.

Robert había resultado ser el peor de todos. Nunca quería ir a desplumar gansos y se negó a revisar el motor del tractor a pesar de haber sido mecánico alguna vez en su vida. Sabía contar historias maravillosas, eso sí, y se sentaba sobre la mesa con su tazón de sidra entre las manos y hablaba durante horas. Los demás eran mucho más serviciales: hasta la ayudaron a matar el chancho y a hacer las morcillas y los embutidos que se llevaron para el viaje. Pero justamente por su haraganería era en Robert en quien Jeanne tenía puestas todas sus esperanzas. Cuando le tocó el turno a él, en la quinta noche, ella tomó la palangana y fue hasta la bomba de agua a lavarse con esmero de luz de la luna. Y una vez en la cama, entre los acolchados de pluma de ganso, le susurró palabras desconocidas y lo colmó de caricias sabias y nuevas, reinventadas para él.

A la madrugada siguiente, cuando tuvo que levantarse, lo miró a los ojos para ver si se quedaba, pero él se dio vuelta y siguió durmiendo hasta las once. Sin embargo, al llegar la noche, Marcel lo reemplazó en la gran cama y la rueda siguió girando.

132

Jeanne would have liked to recover now in order to keep with her the nine men who sang songs and told sad stories.

To keep them. The first night was for Michel, she had decided, and for the first time since her husband's departure she returned to the bedroom and to the high, deep bed where she sank in Michel's company. The others installed themselves in two cots and on the dining room floor.

"What were they called, Mama?"

This time she was caught off guard, and she answered simply, "The Minstrels."

She had already taken the two pails of milk into the house and she was feeding the sow that was about to have piglets. She ordered Ariel to collect the eggs from the henhouse. "Don't break any, like Robert, who always came back with the basket dripping."

Robert had turned out to be the worst of all. He never wanted to pluck the geese or check the tractor motor, even though he had been a mechanic at some time in his life. He knew how to tell marvelous stories, though, and he sat at the table with a large bowl of cider cradled in his hands and talked for hours. The others were much more helpful; they helped her kill the hog and make blood sausages and other meats, which later they took with them when they left. Yet it was Robert's laziness that made Jeanne place all her hopes in him. When he took his turn with her, on the fifth night, she carried the washbowl out to the water pump, where she scrubbed herself in the moonlight. In bed, between the soft quilts, she murmured unfamiliar words to him and lavished new caresses on him, invented for him.

When she got up early the following morning, she looked at his eyes to see if he was going to stay, but he turned over and went back to sleep. When night came, Marcel replaced him in the big bed, and the wheel continued turning.

Cuando Jeanne se levantaba al amanecer y tenía que pasar por encima de los cuerpos dormidos estirados sobre el piso del comedor, le daban ganas de gritarles que se quedaran. Después empezaba a preparar el desayuno y el buen aroma de la sopa de cebollas los iba despertando a todos y entonces ya no pensaba que quizá se fueran dejándola sola de nuevo, porque sus voces y sus risas y sus bromas le llenaban de vida.

Y cuando les servía la sopa, sentados frente a la mesa en los bancos largos y estrechos, los volvía a contar para estar segura de la cifra de su felicidad. Eran nueve.

Y ahora es uno, chico y encogido contra el fuego de la chimenea en las noches de invierno. Jeanne quisiera darle su calor pero ella también se siente fría, fría por dentro, y entonces le pide:

—Ariel, cántame una canción...

Y Ariel, obediente, le canta con su voz infantil una canción que ha aprendido en el colegio:

Sobre el puente de Avignon,
todos bailan, todos bailan...

—No, Ariel, eso no; una canción seria.

Y Ariel, con su mejor voluntad, cambia de ritmo y entona La Marsellesa.

Otras veces Jeanne la fuerte, decepcionada, no quiere canciones y le pide:

—Ariel, hijo mío, cuéntame un cuento.

Y Ariel cuenta cuentos del colegio, de chicos malos y chicos buenos que se pelean, o historias de animales domésticos que es lo único que conoce. Algunas veces se anima a hablar de los peces dorados que hay en el fondo de la charca de los patos de aguas glaucas. Son peces brillantes que sólo se dejan ver por las personas de buen corazón. Pero prefiere no acordarse demasiado de ellos porque él nunca ha logrado verlos.

Jeanne always left her bed in the early hours of morning, and as she gently stepped over the sleeping bodies on the dining room floor, she wanted to shout at them to stay. Later, she would prepare breakfast; the good smell of onion soup woke them, and she no longer worried whether or not they would leave her, for their voices, their smiles, their jokes were filling her life. And when she served them the soup as they sat at the table on the long, narrow benches, she counted them again to be sure of the figure of her happiness. It was nine.

Now it is one, a young one, huddled next to the fireplace on winter nights. Jeanne would have liked to share her warmth with him, but she, too, feels cold, cold inside. She says to him, "Ariel, sing me a song...."

And Ariel, obedient, sings a song he has learned in school:

> *Sur le pont d 'Avignon*
> *L'on y passe, l'on y danse...*

"No, Ariel, not that one; a serious song."

With the best intentions, Ariel changes the rhythm and intones *The Marseillaise*.

At other times, Jeanne the Strong, dispirited, doesn't want songs. "Ariel, my son, tell me a story," she will say.

Ariel will then tell stories he has learned at school, about bad boys and good boys who come to blows, or stories about dogs and cats and horses. These are the only stories he knows. Sometimes he feels encouraged to talk about the goldfish that live at the bottom of the duck pond with the grayish-green water, the shiny fish that only let themselves be seen by people with good hearts. But he prefers not to think about them too much, since he has never actually seen them himself.

135

Un solo día del año la madre lo sienta sobre sus rodillas y le cuenta los cuentos que le gustaría escuchar a ella. Ese día no se trabaja apenas salen para darles de comer a los animales. Y Ariel no va al colegio porque es 21 de febrero, el día de su cumpleaños. Y Jeanne la fuerte se sienta en su silla baja de pelar papas y cuenta sin descanso lo que una vez le transmitieron los Menestreles. Son historias brillantes de príncipes y pastoras que algunas veces hablan de orgías con mujeres y vino, pero las puede repetir a pesar de todo porque son tan antiguas que Ariel no las va a comprender.

Lo que no puede contar son sus noches verdaderas con los Menestreles, sus noches que se convierten en palabras que le queman la boca y que ella quisiera escupir. Pero debe guardárselas porque Ariel es su hijo, sólo acaba de cumplir nueve años, y a un hijo no se le cuentan esas cosas.

—Mamá, ¿cómo nacen los chicos? ¿Tardan tanto como los terneros? ¿Tienen padres como el toro que alquilamos la primavera pasada?

—Los chicos tardan nueve meses en nacer y todos tienen padre. Nadie puede nacer sin padre...

Ariel ya lo sabía pero quería estar seguro: nueve meses y nueve padres. Cuando se fue a acostar no pensó en las historias de Jeanne. Pensó y repensó que era el chico más rico del mundo porque para tenerlo a él su madre había alquilado nueve padres. El pelo de Alexis, la boca de Ives, la voz, cuando se forme, de Michel, los ojos de Henri...

Acostada en la cucheta del comedor Jeanne la fuerte también pensaba en Henri. Era el jefe, y fue el primero en dirigirle la palabra cuando llegaron por sorpresa a Les Maladières:

—Somos los Menestreles —dijo para presentarse—. El gobierno quiere darnos rifles y nosotros sólo queremos blandir nuestras mandolinas. Al ruido de las balas preferimos el de nuestras propias voces cuando cantan. Si usted, querida señora, fuera tan amable como para darnos albergue durante unos días

One day each year his mother sits him on her knee and tells him the stories she likes to hear. On that day there is no work except for feeding the animals. Ariel doesn't go to school. It is February twenty-first, his birthday. Jeanne the Strong sits in her low potato-peeling chair, tirelessly recounting the stories that the Minstrels had once told her, cheerful stories of princes and shepherdesses. Sometimes the stories are about orgies with women and wine. She can tell these stories to Ariel in spite of his age because they are so ancient that Ariel will not understand them.

What she cannot tell about are the true nights with the Minstrels, nights changed into words that burn her mouth, words that she would like to spit out. But she must keep them to herself: Ariel is her son, only nine years old today, and a son cannot be told these things.

"Mama, how are children born? Like calves? Do they have a father, like the bull we hired last spring?"

"For children it takes nine months, and they all have a father. No one can be born without a father."

Ariel knew that already, but he wanted to be sure: nine months and nine fathers. When he went to bed, he didn't think about Jeanne's stories. He thought that he was the richest little boy in the world, because in order to have him, his mother had hired nine fathers. Alexis's hair; Antoine's hands; Michel's voice; Yves's eyes; Henri's...

Lying on the cot in the dining room, Jeanne the Strong One was also thinking about Henri. He was the leader, and he was the first one to talk to her when they arrived at Les Maladieres.

"We are the Minstrels," he had said by way of introduction. "The government wants to give us rifles, but we only want to wield our mandolins. We prefer the ring of our own voices to the sound of bullets. If you, dear madame, would be good

trataremos de no comprometerla y nos iremos al sur en cuanto pase el peligro.

Se quedaron nueve días y nueve noches y después se fueron hacia el sur, cantando.

—¡Ariel! Usted siempre tan distraído. Repita lo que le he dicho y señale en el mapa dónde queda el sur.

En medio de la clase de geografía y sin razón aparente Ariel se echó a llorar.

Jeanne, en cambio, ya no lloraba. Quizá no haya llorado nunca. Hizo lo posible por retenerlos y no los retuvo. El que por fin volvió fue Georges Le Gouarnec, su legítimo marido, para fabricar doble ración de aguardiente y para insultarla porque todo el pueblo se había enterado de la existencia de sus nueve huéspedes secretos a pesar de no haberlos visto jamás. A él, nueve pares de cuernos más o menos no le pesaban en la cabeza llena de alcohol, pero eso de que todos los habitantes del Bignon lo comentaran y se burlaran de él, eso no lo podía soportar. Cuando Jeanne pasaba frente a su marido cargando la tina de ropa sucia hacia la bomba de agua él mascullaba inmundicias y le escupía sobre los pies descalzos. Jeanne no se detenía por tan poca cosa, pero después el odio de Le Gouarnec le traía recuerdos de los otros y se quedaba frente a la bomba sin bombear, con los brazos caídos y los ojos llenos de sueños.

Georges Le Gouarnec dejó pasar una a una las cuatro estaciones del año sin preocuparse por el trigo que se pudría en los campos, tan sólo pendiente de la fermentación del zumo de manzanas para poder encerrarse en el granero y enmarañarse en los tubos del alambique. Se volvió a ir justo un año después de su llegada, poco antes del nacimiento de Ariel, pero Jeanne ya no necesitaba el estímulo de su odio para evocar a los hombres que habían traído alegría a su monótona vida.

—Mamá, mamá. ¿Cuál era el que adoraba a los perros?

Jeanne sacudió la cabeza. No quería pensar más, no quería contestarle. Hubiera preferido irse a dormir, pero le había

enough to give us shelter for a few days, we will try not to compromise you. We will head south as soon as the danger has passed."

They stayed nine days and nine nights, and then they left for the south, singing.

"Ariel! You never pay attention. Repeat what I said. Show me where south is." In the middle of the geography class, and without apparent reason, Ariel would begin to cry.

Jeanne no longer cried. Perhaps she had never cried. She did all she could to keep them, but they had gone. The one who returned, shortly after, was Georges Le Gouarnec, her legitimate husband.

It seems he came back merely to get a double ration of brandy and to insult her because the whole village knew about her secret guests, even though no one had ever seen them. Nine pairs of horns didn't weigh heavily on his alcohol-filled head, but what the inhabitants of Le Bignon might say, the chance that they might mock him, that he couldn't endure. He mumbled filthy words and spat on his wife's bare feet as she walked in front of him carrying the tub of dirty clothes to the water pump. But Le Gouarnec's hatred brought to life her memories of the other men, and she stood in front of the pump without pumping, her arms at her sides and her eyes full of dreams.

Georges Le Gouarnec allowed the four seasons of the year to pass, one by one, without tending the wheat that was rotting in the fields. He was only biding his time until the apple juice fermented and he could lock himself up in the loft and tangle himself in the pipes of the still. Exactly one year after his return he left again, a little before Ariel's birth. By this time Jeanne no longer needed the stimulus of his hatred to evoke the men who had brought joy into her life.

"Mama, which one of them loved dogs?"

Jeanne shook her head. Right now she didn't want to think anymore, she didn't want to answer. She would have preferred

prometida a Ariel hacer dulce de ciruelas. El la miró, inquieto:

—Ya te estás olvidando, ¿ves? Yo te dije que un día te ibas a olvidar de ellos y nos íbamos a quedar sin nada. ¿Qué vamos a hacer si te olvidas? Sin ellos no vamos a poder seguir viviendo.

Jeanne hizo una mueca pero le contestó:

—Olvidarme no, pero estoy tan cansada...

—¿Cansada de ellos?

—De ellos no, mi amor. Ven, vamos a ver la mesa donde tallaron sus nombres.

Como tenía por costumbre, pasó la mano suavemente sobre la mesa donde estaban los nombres. Era una caricia. Ariel la imitó.

Los años fueron pasando sin hacerse sentir demasiado hasta que una mañana Jeanne se despertó sabiendo que esa era una gran fecha porque su Ariel ya cumplía los trece y por fin podía vaciar en él su propio corazón, hablarle de su gran amor por ellos y saciar esa vieja sed que tenía de compartirlo con alguien. Pero cuando entró en la cocina para encender el fuego se encontró con que debía enquistar nuevamente su corazón: Georges Le Gouarnec había vuelto después de trece años de ausencia, más fofo y colorado que nunca, y la esperaba de pie frente al horno. Y cuando Ariel se levantó descalzo y fue corriendo a besarla ella sólo pudo decir:

—Ariel, saluda a tu padre... —sintiendo que se le quemaban las mejillas de vergüenza, y segura de que Ariel no lo quería ver y por eso cerraba los ojos y fruncía el ceño.

Georges Le Gouarnec lo sacudió por los hombros:

—¡Salúdalo a tu padre, imbécil!

Pero Ariel se zafó de la manaza que lo retenía y huyó por el campo, hundiéndose entre los matorrales.

Yo sé que no es. Yo sé que no es. Mi padre son nueve menestreles y no un tipo gordo e hinchado que tiene mal olor.

going to sleep, but she had promised Ariel that she would make plum jam. He watched her, uneasy.

"You've forgotten already, see? I told you that one day you'd forget them and we'd be left without anything. Without them we won't be able to go on living."

Jeanne made a face, but she answered him. "Me, forget? No, it's just that I'm tired."

"Tired of them?"

"Of them, no, my love. Come, let's look at the table where they carved their names."

She passed her hand gently over the table where the names were. Ariel imitated the caress.

The years passed, until one morning Jeanne awoke knowing it was an important day. Ariel was thirteen. Finally she could pour out her heart to him, tell him of her great love for the Minstrels and satisfy the old thirst she had to share the story with someone.

When she walked into the kitchen to light the fire, she found she had to lock her heart away once more: Georges Le Gouarnec had returned after thirteen years of absence, more puffy and red-faced than ever, and he stood facing the oven. When Ariel ran into the kitchen to kiss her, she could only murmur: "Ariel, say hello to your father...." She felt her cheeks burn with shame, sure that Ariel had closed his eyes because he didn't want to see the man.

Georges Le Gouarnec shook him by the shoulders.

"Say hello to your father, stupid!"

Ariel slipped away from the large hand that was clutching him and fled to the fields, burying himself among the thickets.

"I know it isn't him. I know it isn't. The Nine Minstrels are my father, not a fat mean man who smells bad."

Al llegar al lado de la cueva de la liebre que había descubierto el día anterior se tiró de barriga al suelo y se tapó los oídos para no seguir escuchando los gritos del viejo.

Jeanne la fuerte fue a buscar a su hijo sólo cuando las estrellas empezaron a palidecer en el cielo, después de que Le Gouarnec se hubo quedado dormido sobre el espeso colchón, cubierto por el acolchado de plumas que reemplazaba el calor de su mujer.

—Mamá, mamá. No es él, ¿no?

—No.

—Y de ellos, ¿nunca te vas a olvidar?

—Nunca, nunca.

—¡Mamá! —gritó, y su voz salió ronca esta vez y se dio cuenta de que había llegado el momento de ser como ellos y de seguir su propio camino ya que su cama que había sido la de ellos crujía bajo otro peso plebeyo, pegajoso.

A la madrugada siguiente, al pasar frente a la charca de los patos, tiró nueve piedras dándoles un nombre a cada una. Así, al menos, se llevaba un ideal a la granja donde lo habían contratado para ordeñar.

Sobre la mesa de los nombres Jeanne la fuerte hacía esfuerzos para dibujar las letras y con paciencia le escribía a Ariel las historias contadas por los Menestreles, mientras se dejaba mecer por los monótonos ronquidos de su marido.

Y Ariel le contestaba contándole cómo la hija del patrón iba a misa con un vestido blanco, y más adelante explicaba su asombro porque el vestido se había convertido en un par de alas y a la hija del patrón se había echado a volar hacia el reino de los patos salvajes.

Ariel había ascendido de categoría: ya era capaz de crear historias como los Menestreles y Jeanne la fuerte no se olvidaba del nombre y se lo escribía en cada carta y él se sentía feliz y no se daba cuenta, ocupado como estaba con sus propias leyendas y con los trabajos de la granja, que cuando los campos se secan y reverdecen y después se hielan quiere decir

Ariel threw himself to the ground, face down, next to the hare's nest he had discovered the day before, and he shut his ears against the old man's shouts. When the stars began to pale in the sky, long after Le Gouarnec had fallen asleep on the thick mattress under the feather quilt, Jeanne the Strong went to look for her son.

"Mama, Mama, it isn't him, is it?"

"No."

"And you'll never forget them, will you?"

"Never, never."

"Mama," he cried, and his voice rose hoarsely.

She realized that the time had come for Ariel to be like them, to follow his own path now that her bed, the one she had shared with them, was creaking under another weight, ordinary, unpleasant.

At sunrise on the following day, on his way to the distant farm where he had been hired to do the milking, Ariel threw nine stones into the duck pond, giving each one a name.

While her husband's monotonous snoring rocked the house, Jeanne the Strong leaned over the names on the table and decided to trace the letters and write Ariel the stories the Minstrels had told.

Ariel wrote her, in turn, that the owner's daughter had gone to Mass in her white dress and that later the dress changed into a pair of wings, taking the owner's daughter to the kingdom of the wild ducks.

Ariel was now telling stories of his own, but Jeanne the Strong never let him forget the Minstrels; she mentioned them in each of her letters. He didn't realize that the fields grew green, dried and froze, over and over again. He didn't realize

que el tiempo pasa y que tres años es casi una vida para un muchacho que al irse de su casa acababa de cumplir los trece.

No se daba cuenta hasta que llegó esa otra carta hostil, en un sobre castaño que apestaba a incienso y que era del cura del Bignon. En el sobre decía Ariel Le Gouarnec, no simplemente Ariel, y él supo que se trataba de una mala noticia.

Jeanne la fuerte se estaba muriendo. Ariel no podía hacer nada para impedirlo, tan sólo tratar de que pronunciara el nombre que le haría recuperar parte de sus fuerzas.

En la cama alta la mano de Jeanne asomaba, frágil por primera vez, perdida entre los acolchados de plumas. Y Ariel apretujaba esa mano que había conocido dura y vital:

—Mamá, mamá, dime cómo se llamaban.

Y desde el comedor le llegaba la voz de Le Gouarnec latigueando el silencio:

—Y a mí que soy su padre ni me saluda, ni me mira a mí que soy su padre. Es verdad que es un hijo de puta, pero después de todo yo soy su padre, su pobre padre viejo— y las sílabas se le aglutinaban como el aguardiente que chorreaba de la mesa de los nombres.

En el dormitorio Ariel hubiera querido contenerse pero cada vez sacudía con más fuerza la mano, el brazo, el hombro de su madre.

—Mamá, háblame de ellos... ¿Cómo se llamaban?

Por un instante vio en sus ojos un relámpago de dolor. Quiso dejarla tranquila, no sacudirla más, no exigirle nada ya, pero desde el comedor llegaban los gruñidos, y los gritos, y la risa. Sobre todo la risa:

—¡Se cree hijo de Dios! Se cree hijo de dioses y de saltimbanquis, pero yo escupo y escupo sobre todos ellos y sobre su progenitura porque a este mequetrefe hediondo lo hice yo, cornudo y todo como era, para gloria, paz y sosiego de mi amarga vejez. Amén.

144

that time passed, that three years is almost a lifetime for a boy who had turned thirteen when he left home.

He didn't realize it until that other, hostile letter arrived in a brown envelope reeking of incense. It was from the priest of Le Bignon. On the envelope it said Ariel Le Gouarnec, not simply Ariel, and he knew it was bad news.

Jeanne the Strong was dying. Ariel couldn't do anything to stop it, only try to make her say the word that would help her recover part of her strength.

She lay in bed, her hand suddenly fragile, lost in the feather quilt. Ariel squeezed the hand he had known when it was hard and vital.

"Mama, tell me what they were called...."

From the dining room came Le Gouarnec's voice, cracking the silence like a whip. "I never get a greeting or a look from you. Me, your own father. You're a son of a bitch, that's for sure, but I am your father, after all, your poor old father..." And the syllables ran together like the brandy spilling over the names on the table.

In the bedroom Ariel tried to control himself, but he shook her hand more furiously each time; he shook her arms, her shoulders.

"Mama, tell me about them. What were their names?"

For an instant he saw a flash of pain in her eyes. He wanted to leave her in peace, he didn't want to shake her hand anymore, to demand anything from her. From the dining room came the grunts, the shouts, the laughter; above all, the laughter.

"He thinks he's the son of God! He thinks he's the son of gods and acrobats, but I spit on all of them and their progeny, because it was this stinking jackass, I, who made you, for glory, peace, and tranquility in my bitter old age. Amen."

Ariel apretujó la otra mano, ahora extraña entre las suyas, sin poder contenerse más.

—Dime cómo se llamaban, al menos. No me dejes sin ellos.

Jeanne la fuerte dio vuelta la cara hacia la pared pero se esforzó por hablar en un hilo de voz:

—Ya no me acuerdo... pero ve, ve a buscarlos... —y sus ojos se cerraron sobre esa pequeña ilusión.

Las maldiciones que Georges Le Gouarnec no dejó de mascullar durante los tres días del velatorio fueron la oración fúnebre para Jeanne la fuerte, pero también lo fue la esperanza de Ariel, que salió corriendo hacia el sur, hacia el sol, para buscar a los Menestreles.

Ariel pressed the other hand, unable to control himself any longer.

"Tell me their names. Don't leave me without them."

Jeanne the Strong turned her face toward the wall, but she forced herself to speak in a thread of a voice.

"I don't remember anymore... but go, go find them..." and her eyes closed on that small dream.

The curses that Georges Le Gouarnec never stopped mumbling during the three days of the wake were the funeral prayer for Jeanne the Strong, but so were Ariel's hopes when he left, running toward the south, toward the sun, to find the Minstrels.

tr. Hortense Carpentier and J. Jorge Castello

EL HIJO DE KERMARIA

Las risas de los chicos llegaban hasta el camino principal y tres viejas vestidas de negro se persignaron. Eran risas agrias, de hombres agotados, de demonios. Y todas las viejas del caserío, idénticas, enjutas, enlutadas, que ya no se estremecían ante nada, se estremecían al oír las risas chirriantes de los chicos. Pero ellos no interrumpían sus juegos por una señal de la cruz más o menos:

—Yo soy el médico...

—Yo soy la muerte...

—Yo soy el rico...

—Yo soy la muerte...

—Yo soy la muerte...

—¡Pajarón! Sabes muy bien que no puede haber dos muertes seguidas. Tienes que ser el pobre, o el carnicero, o lo que se te antoje. Pero no, claro, justo se te ocurre ser la muerte cuando no te toca el turno.

—Yo puedo ser siempre la muerte si me gusta —insistió Joseph—. Al fin y al cabo fui yo el que inventó el juego, el que les mostró a todos ustedes la pintura que está en la capilla, fui yo...

No lo dejaron terminar, claro está. Eran chicos muy rápidos en irse a las manos y tenían una idea muy personal de lo que debía ser la justicia. Al grito de otra que favoritismos se lanzaron sobre el pobre Joseph obligándolo a huir con toda la velocidad de sus cortas piernas de once años. Como si no

THE SON OF KERMARIA

The children's laughter echoed from the main road, and three old women dressed in black made the sign of the cross. It was the bitter laughter of tired men, of demons, and the old women, who no longer trembled before anything, did tremble when they heard that shrill, discordant laughter. But the children wouldn't interrupt their games for another sign of the cross:

"I'm the doctor...."

"I'm Death...."

"I'm a rich man...."

"I'm Death...."

"I'm Death...."

"Dummy! You can't have two Deaths, one after the other. You have to be a pauper, or the butcher, or anything, but you know you can't be Death, not if it isn't your turn."

"I can if I want to," Joseph said. "After all, I'm the one who invented this game, I'm the one who showed all of you the painting in the chapel, I'm..."

Needless to say, they didn't let him finish. They had a very personal idea of justice, and they were quick to act with their fists. Shouting, "No favorites," they jumped on poor Joseph. He ran away as fast as his eleven-year-old legs would carry him.

hubiera sido él quien había propuesto ese juego imitando a la ronda de gentiles y de muertos que estaba pintada desde hacía setecientos años en la capilla de Kermaria... Su abuelo siempre lo llevaba a verla en esos días de verano que aplastan a los granjeros en sus siestas. Y en el silencio de la capilla gris el niño le describía al viejo ciego los descascarados contornos de la danza macabra:

—Hay un esqueleto —le decía— que lleva de la mano a un hombre de capa larga y sombrero negro, muy chato...

—El hombre es el abogado, y va de la mano de la muerte. Cada cual tiene su muerte privada, nadie se salva, y ella te hace bailar y bailar y no te suelta ni por broma.

Luego se entusiasmaba:

—Sigue, sigue contándome... —y bailaba sobre el piso de baldosas gastadas y chocaba contra las sillas de paja y los reclinatorios de la capilla.

El viejo sí que sabía imitar bien el fresco y bailar como deberían bailar los de la pintura, porque él estaba más cerca que nadie de su muerte y debía sentir esa mano de huesos aprisionando la suya. Por eso Joseph admiraba a su abuelo aunque estuviera todo el santo día hamacándose en su mecedora en medio del patio, frente al gallinero, cantándose canciones incomprensibles y sin música. Y porque lo admiraba fue a buscarlo cuando necesitó de alguien que lo consolara del ataque de los chicos y que aplacara la humillación de la huida, pero el viejo ni lo oyó llegar, sumido como estaba en sus habituales ensueños:

—La deben estar lavando. Oigo el chasquido del agua sobre sus flancos; ella debe estar fresca, tensa, sonrosada, y yo quisiera desvestirme y revolcarme sobre las losas frías y lavarme estos malditos ojos con el agua que ha corrido por su cuerpo y que debe de estar renovada y bendita...

—Abuelo —Joseph lo tomó del brazo y lo sacudió—. ¡Abuelo!

La mecedora se detuvo:

As if he hadn't been the one who proposed the game of imitating the circle of living and dead that was painted in the Kermaria chapel. On those oppressive summer days when everyone else slept all afternoon, Joseph's grandfather took him to see the seven-hundred-year-old painting. In the silence of the gray chapel, the boy would describe the flaking contours of the macabre dance to the blind old man.

"There's a skeleton," he would tell him, "taking the hand of a man in a long cape and a flat black hat. The man is a lawyer, and he goes hand in hand with Death. Everyone has his own private Death, no one can escape Her, and She makes you dance and dance and won't let you go for anything."

The grandfather would get enthusiastic at this point. "Go on, keep telling me," he'd say, and he would break into a dance on the worn tile floor, bumping against the straw chairs and the prayer desks. The old man certainly knew how to imitate the figures in the fresco and dance like them; for he was closer to death than anyone was, and he must have felt that bony hand firmly clutching his own.

Joseph admired his grandfather, even if he did spend the entire day swaying back and forth in his rocking chair in the middle of the patio, facing the chicken coop, humming unintelligible songs to himself. And because he admired him, Joseph went to him whenever he needed consolation after a humiliating skirmish with the other children. Often, the old man, deep in his daydreams, wouldn't hear him arrive.

"They must be washing Her. I hear the splashing of water on Her flanks; She must be fresh, taut, and rosy. I'd like to undress myself and roll around on the cold stone slabs and wash these damned eyes of mine, which must be renewed and blessed, with the water that has run off Her body."

"Grandfather!" Joseph grabbed him by the arm and shook him. "Grandfather!"

The rocking chair stopped.

—Joseph, ¿eres tú? Anda rápido a ver si la están lavando, quiero saberlo enseguida. Ahora oigo la escoba que corre por sus carnes rosadas...

—Sí, la están lavando, no es para menos. Anoche Constantin el jorobado entró por una ventana y se quedó a dormir bajo el tapiz del altar. ¡Hijo de la gran perra! La debe de haber llenado de pulgas a la pobre.

—Constantín el jorobado, Constantín el jorobado, y a mí ni me dejan acercarme a ella porque esas viejas del demonio ponen el grito en el cielo en cuanto me ven y ni siquiera me dejan tocarla, y todo porque una vez hundí la cara en la pila bautismal y después me refresqué los labios en los labios de la Virgen. En la capilla de Kermaria, justamente, como si Ella no estuviese allí en su casa y yo con Ella en la casa de todos.

—Esas viejas son unas brujas, te digo —lo consoló Joseph mientras acariciaba la bolsita de sal gruesa que le colgaba del cuello y lo preservaba de los maleficios. Luego rió íntimamente, recordando aquella vez cuando los chicos sacaron los apóstoles policromados del atrio de Kermaria, las gigantescas tallas románicas de madera, y se instalaron en los nichos: doce niños de caras sucias con los trapos que habían encontrado en sus casas colgándoles de la ropa, inmóviles, esperando ansiosamente la llegada de las viejas que habrían de acudir a la primera misa del alba, para asustarlas.

—Son unas brujas, claro —retomó el abuelo—. Si no lo sabré yo, que bien las podía ver de chico. Son siempre las mismas, esmirriadas y negras. Nunca cambian ni se mueren. Son ellas las que hicieron conjuros para que me quedara ciego, porque yo era el único hombre que iba a la capilla a verlas arrodilladas, rezando las oraciones al revés frente a la imagen de la Virgen con el Niño, ese Niño que no quiere saber nada del gran pecho redondo que le ofrece la Virgen María y que pone cara de asco. Y ellas allí, rezando para que toda la leche en todos los pechos de madre se vuelva agria, para que todos los hijos se vuelvan lechuzas, o lobizones, de noche.

"Joseph, is that you? Go see if they're washing Her, I want to know. Now I hear the brush running over Her rosy flesh.... "

"Yes, they're washing Her, all right. Last night Constantine the hunchback climbed in through a window and slept under the altar tapestry. Son of a bitch! He must have left the poor thing full of fleas."

"Constantine the hunchback, Constantine the hunchback, and they don't let me get near Her because those damned old women scream to high heaven when they see me. They don't even let me touch Her. All because I once buried my face in the basin of holy water and cooled my lips on the lips of the Virgin. In the chapel of Kermaria, of all places, as if She weren't at home there, and I with Her, in the house that belongs to everyone."

"Those old women are witches," Joseph said to comfort him, caressing the little bag of rock salt that hung from his neck to protect him from evil. Then the old man laughed as he remembered the time the children took the polychrome apostles, gigantic Romanesque wood carvings, out of the niches in the Kermaria atrium, then installed themselves in the niches—twelve children with dirty faces, dressed in rags, standing absolutely still and waiting eagerly to frighten the old women who would come at dawn to first Mass.

"Of course they're witches," the grandfather echoed. "I know that better than anybody; I could see it when I was a boy. Always the same, skinny and black. They never change, they never die. They cast the spells that made me blind because I was the only man who went to the chapel and saw them kneeling there, jumbling up their prayers in front of the Virgin and the Child, the Child who didn't know what to do with that big round breast the Virgin offered Him. There they were, praying for the milk in the breasts of every mother to turn sour, so that at night all the children would turn into owls or wolves." The old man fell silent.

El viejo calló. Son unas brujas, insistió Joseph para incitarlo a seguir hablando. Por nada quería escuchar el silencio porque en ese momento acababa de ver a su madre atravesando subrepticiamente la tranquera del fondo y temía oír sus pasos alejándose hacia un destino que debía de ser terrible y misterioso. Sin embargo ella no era como las otras, era joven y hermosa todavía y sólo se había vestido de largo y de negro varios años atrás, cuando murió su marido, y nunca usó la cofia blanca.

—Todas unas brujas, eso es, y me hicieron quedar ciego. Pero lo que no saben es que ahora puedo pasar la lengua por las ásperas paredes de Kermaria y sentirla más que nunca dentro de mí aunque las piedras me arranquen el pellejo.

Joseph, sentado en el piso de tierra apisonada del patio, se clavaba las uñas en las manos preguntándose dónde habría ido su madre, pero nada lo retenía tanto en su lugar como las palabras del viejo y prefirió quedarse allí en vez de correr a descubrir lo que lo atormentaba. Quedarse allí y hacer acopio de recuerdos cálidos para las frías noches en el internado, cuando su imaginación lo traería de vuelta a la capilla de Kermaria a pasar la lengua por sus rugosas paredes o a revolcarse en su piso, o a beber toda el agua bendita para purificarse. Sin embargo cuando llegaban las vacaciones la lengua se le destrozaba al correr por el granito, el piso resultaba demasiado duro y el agua bendita tenía gusto a vieja; y eso cuando tenía suerte y el padre Médard no lo veía y lo echaba de allí a escobazos.

—Faltan pocos días para la peregrinación... —comentó el abuelo, interrumpiendo los pensamientos del chico.

La peregrinación marcaba el apogeo anual de la parroquia de Kermaria an Ifkuit, olvidada en medio de la maleza bretona, lejos del mar, lejos del aire, tan sólo aferrada a la tierra con sus pobres casas aisladas, hechas de adobe y buen techo de paja ennegrecida. Pero el grupo de chicos salvajes que vivía pendiente de la capilla no podía compartir la alegría y se

"They're witches," Joseph insisted, to get him to go on talking. He didn't want to hear the silence, because at that moment he caught sight of his mother sneaking out through the back gate, and he was afraid to hear her steps going off toward a fate that could only be terrible and mysterious. She wasn't like other women, though; she was still young and beautiful and she had only begun to wear black when her husband died, a few years ago.

"All of them are witches, that's right, and they made me blind. But what they don't know is that I can now lick the rough walls of Kermaria and feel her inside me more than ever, even if the stone tears my skin."

Seated on the pressed-earth floor of the patio, Joseph dug his nails into the palm of his hand and wondered where his mother had gone. But nothing could hold him like the old man's words, and he chose to stay rather than run off to find out the truth; to stay and store up warm memories for the cold nights at boarding school, when his imagination would take him back to Kermaria chapel and he would lick its rough, ridged walls or roll on the floor or purify himself by drinking all the holy water. And yet, when vacation time came, his tongue would be cut by the granite, the floor would feel too hard, the holy water taste too stale. He was lucky Father Medard didn't shoo him out with a broom.

"In a few days the pilgrimage will begin," the grandfather said, interrupting Joseph's thoughts.

The pilgrimage was the most important event of the year for the parish of Kermaria in Ifkuit, forgotten in the middle of the Breton underbrush, far from the sea, from the mountain air, simply clinging to the earth with its poor isolated mud houses with blackened thatched roofs. But the group of wild children who hung around the chapel didn't share the pilgrims' joy; they

sentía desposeído por esa gente que llegaba desde los más lejanos confines de la Bretaña para pedir la salud y la fortaleza física que no podía brindarle ninguna de las catedrales de afiladas agujas... Por eso los chicos se preparaban con muchos días de anticipación para estar bien presentes y poder defender el honor del pueblo con algunas de sus fechorías, ya que sus madres, las mujeres de los labradores, se mantenían apartadas y no entraban a la capilla cuando entraban las otras, las mujeres de los pescadores que se balanceaban como las olas y parecían acunar a un hijo. Junto con las mujeres de la costa llegaba el recuerdo de un mito lejano, la antiguedad de una raza, y las mujeres de Kermaria aspiraban hondo para llenarse los pulmones con el olor salobre que las otras traían del borde del mar. Pero los chicos eran insensibles al olor a sal y lo único que querían era estar lo más cerca posible del padre Médard durante la misa para marearse con el olor a incienso que no se derrochaba más que en los días de peregrinaje.

Sólo Joseph, quizá, sabía algo del mar y del misterio de la espuma. Por las noches de este último verano su madre, más callada que nunca, le enseñaba a tejer después de las comidas sentados frente a la mesa familiar. A la cabecera, el viejo canturreaba y se entretenía con su vaso de aguardiente. En general molestaba poco antes de que lo llevaran a acostarse.

—Tejan, no más, hijos míos. Tejan calcetines para mis pies que deben estar abrigaditos en invierno —decía, a veces. O si no—: La bufanda, larga la quiero, larga. Nada de escatimar la lana, que este invierno va a ser muy crudo y el pobre viejo necesita calor...

Madre e hijo trabajaban en silencio, sin escuchar las palabras del abuelo, sin preocuparse por contestarle. Todo era paz en esos momentos hasta que una noche el viejo decidió estirar la mano para tocar la lana suave pero se encontró con que sus dedos penetraban en el tejido y sintió que por esa

felt dispossessed by the people who came from the most distant corners of Brittany to ask for the good health and physical strength that none of the cathedrals with delicate steeples could offer. So, well ahead of time, the children made elaborate preparations to make their presence felt and to uphold the honor of the village with trouble-making while their mothers stayed away from the chapel.

The women who came were fishermen's wives, from the coast. They brought with them the memory of an ancient myth, the antiquity of a race. The women of Kermaria inhaled deeply to fill their lungs with the salty odor that the others brought with them from the shore.

The children, however, were insensitive to the smell of salt air. All they wanted was to get close to Father Medard during Mass so they could make themselves dizzy with the smell of the incense that was lavished only during the pilgrimage.

Joseph was the only one who knew something about the sea and the mystery of its foam. During the past summer, his mother, more silent than ever, had taught him to weave as they sat around the family table after supper. At the head of the table, the old man hummed and enjoyed his glass of brandy. He usually caused no trouble before being taken to bed.

"Weave, my children. Make socks for my feet that must be warm in winter," he would say, or, "A scarf, I want it long. Don't skimp on the wool—this is going to be a very cold winter, and this poor old man needs warmth."

Mother and son worked silently, not listening to the grandfather's words, not bothering to answer him. Everything was peaceful until one night when the old man reached out and touched the soft wool. His fingers slipped through the open weave, and he thought that all the cold in the world would slip

trama abierta se colaba todo el frío del mundo, porque su nuera y su nieto estaban tejiendo redes.

Tejiendo redes Joseph se distraía. Además la tenía a su madre cerca y eso le hacía olvidar que algunos días ella desaparecía a la hora de la siesta para volver sólo al atardecer. Los preparativos para la peregrinación también lo entretenían. La capilla de Kermaria cobraba poco a poco un halo brillante de limpieza y el cielo largaba sin descanso una llovizna suave que le lavaba los flancos. Los chicos endiosaban al abuelo en esos momentos porque sentían que la capilla se les estaba escapando y que sólo él podía devolvérsela intacta. Entonces venían en las tardes de lluvia, todos embarrados, a sentarse en el piso húmedo del cobertizo para escucharlo hablar, como si fuera un profeta, de esa Kermaria que para ellos estaba viva y con alma.

El padre Médard pasaba y repasaba frente al cobertizo y no perdía oportunidad para amonestar a los chicos:

—Hijos míos, volved a vuestras casas. El ojo de Nuestro Señor está fijo en vosotros y sabe lo que tramáis...

Era él quien sabía lo que le esperaba cuando los chicos de su parroquia se juntaban con el viejo, y no estaba tranquilo. Pero los chicos se limitaban a reír con sus risas agrias y hablaban en voz baja, desacostumbrada en ellos.

Hasta que el día de la peregrinación llegó por fin. Minutos antes de la misa vespertina el hijo del herrero trajo un frasco lleno de mojarritas vivas y lo volcó en la pila de agua bendita. Los demás chicos entraron en la capilla con expresiones hoscas y se quedaron en los bancos de atrás, mirando de reojo y con furia, esperando la aparición de los primeros peregrinos.

Junto con un grupo de desconocidos entró la madre de Joseph. No puso los dedos al descuido dentro de la pila sino que vio los peces, pero su cara no reflejó asombro. En cambio tomó una mojarrita entre sus manos y con esa mirada triste que se había instalado en sus ojos en los últimos años salió en puntas de pie, tratando de no hacerse notar. Joseph la vio, sin

through, too. He didn't realize that his daughter-in-law and grandson were weaving nets.

Joseph had fun weaving nets. What's more, he had his mother next to him, and that helped him forget the days when she disappeared at midday and didn't return until dusk.

The preparations for the pilgrimage were also fun. Little by little, the chapel of Kermaria would take on a halo of cleanliness, and the sky set free a soft, steady rain to wash its sides. The children worshiped the grandfather at this time, because they felt they were losing the chapel and they thought he was the only person who could bring it back. Covered with mud, they would sit on the wet floor on rainy afternoons and listen to him talk, as if he were a prophet of Kermaria, which for them was alive and had a soul.

Father Medard would pace back and forth in front of the shed and never miss an opportunity to scold the children. "Children, go back to your homes. Our Father's eyes are upon you, and He knows what you are up to." He knew what to expect when the parish children got together with the old man, and he was uneasy. But the children only laughed their bitter laughter and spoke in low voices.

At last the day of the pilgrimage arrived. Minutes before evening Mass, the blacksmith's son brought a jar filled with live spiny-finned fish and dumped them into the basin of holy water. The other children filed into the chapel with sullen expressions and sat in the back pews scowling, waiting for the first pilgrims.

Joseph's mother came in with a group of strangers. She dipped her fingers into the holy water cautiously, for she had seen the fish, and her face showed no surprise. With the sad look that had settled in her eyes over the last few years, she caught a fish between her hands and left the chapel, tiptoeing, trying not to be noticed. But Joseph saw her and decided to slip

embargo, y se escabulló tras ella sin esperar la diversión que le brindarían las viejas al llegar y poner distraídamente los dedos entre las pequeñas formas escurridizas.

Quiso salir corriendo pero en el umbral del atrio un sol repentino le hirió las pupilas y, acostumbrado como estaba a la penumbra de la capilla y a la persistente llovizna gris de su región, tuvo que detenerse, cegado. Cuando volvió a abrir los ojos una forma blanca desaparecía tras las matas espinosas del otro lado del camino principal, frente a la capilla.

Joseph pasó casi una hora dentro del monte enmarañado, buscando a su madre. Los matorrales se estiraban hacia él como dedos y le arañaban las piernas y le desgarraban la ropa. Cada árbol, cada mata, cada planta rastrera tenía sus espinas personales, largas o cortas, blancas, negras o naranja, y él las podía ver en detalle y a la vez no las veía, turbado por la desesperación de buscar a su madre. Tengo que encontrarla, se decía. Y después: ojalá no la encuentre nunca. No quería ver confirmados sus temores. Sin embargo no sabía exactamente por qué tenía miedo, él que había atravesado mil veces el círculo de demonios que rodeaba la capilla. Aunque ahora estaba en juego algo mucho más vital para él, algo que formaba parte de su carne y de su sangre, y si su madre había querido buscarse un nuevo marido (de eso al menos estaba seguro), lo había traicionado vilmente al no elegir a uno de los apóstoles del atrio o a una de las figuras del fresco que eran sus verdaderos amigos.

Para amar hay que ser maduro y sabio y lleno de piedad, le había dicho su madre una vez.

Cuando yo ame, le había contestado él, mis hijos tendrán la cara del Niño de cera que está frente al altar.

Su madre, seguramente, no pudo darse cuenta en aquel momento de que ella debía mantenerse a la altura de tanta grandeza. Y por no haberse dado cuenta Joseph le guardaba un amargo rencor mientras la buscaba por el monte.

away after her, even if it meant missing the sight of the old women absentmindedly dipping their fingers into the basin of small slippery shapes.

He was going to run after her, but at the threshold a sudden flash of sunlight hurt his eyes, which had become accustomed to the semi-darkness of the chapel and the persistent gray drizzle, and he had to stop. When he opened his eyes again, he saw a white form disappearing behind the thorny bushes at the side of the main road, across from the chapel.

Joseph spent an hour within the tangled woodland looking for his mother. The undergrowth stretched toward him like fingers, scratching his legs and tearing his clothes. Each tree, each bush, each crippling plant had its own thorns, long or short, black, white, or orange; he saw them in detail or not at all, so distraught was he in his desperate search. "I have to find her," he told himself. And then, "I hope I never find her." He didn't want his fears confirmed. He didn't know exactly why he was afraid, for he had crossed the circle of demons surrounding the chapel a thousand times. But now something more vital was at stake, something that was part of his flesh and blood. If his mother had wanted to find herself a new husband (at least he was sure of that much), she had betrayed him miserably by not choosing one of the apostles in the church patio or one of the figures in the fresco who were his real friends.

His mother had once told him that to love one has to be mature, wise, and full of piety. He had answered, "When I fall in love, my children will have the face of the wax Child in front of the altar."

La sangre de sus raspones le corría por la cara y por los brazos y en las piernas ya sentía el fuego de todas las ortigas cuando él por fin la encontró. La adivinó, más bien, por el resplandor blanco de su vestido en el fondo de la hondonada. Se acercó un poco, con toda cautela, para asegurarse de que estaba sola, y pudo ver la mojarrita que ella conservaba aún en la palma de la mano abierta y que ya no latía.

Se sentó en lo alto de la colina escondido entre los matorrales dispuesto a esperar. Sabía que algo iba a suceder, su madre nunca hacía nada porque sí, sin razón. En ese momento, a lo lejos, la campana de Kermaria rompió el silencio para indicar el final de la misa vespertina.

La espera se dilataba y a Joseph empezó a invadirlo una inmensa emoción. Quizá, después de todo, su madre no lo había traicionado. Quizás el hombre al que esperaba pertenecía en realidad a la capilla y era nada menos que el padre Médard... Pero enseguida supo que no debía hacerse ninguna ilusión; por un sendero abierto entre los espinillos el que apareció, muy corpulento, muy alto, muy rubio, era un desconocido. Sin embargo Joseph descubrió en su manera de andar al único pescador que se adentraba en la tierra, el que todos los viernes venía a vender pescado en la parroquia de Kermaria.

Desde donde estaba Joseph sólo podía ver la espalda de su madre, pero por la manera que vibraban sus hombros y su alto rodete adivinó en sus ojos esa mirada tan suya, honda y triste, fija en el hombre que se iba acercando.

El pescador llegó hasta la mujer y la tomó por los hombros con las grandes manos muy abiertas y ella empezó a incorporarse, lentamente. Joseph no quiso esperar el encuentro de esos labios ávidos y llamó:

—¡Mamá!

Y luego del grito quiso revolcarse sobre las espinas, y sobre todo que le pegaran, bien fuerte, para que ese dolor que sentía tan adentro se le saliera afuera, confundido con el sano y conocido dolor de la carne. Pero los golpes no llegaron, y

The blood from his scratches was streaming down his face, his arms, his legs, and he felt all the heat of the nettles. He finally spotted her at the bottom of the ravine. His eye had been caught by the unusual sight of her splendid white dress. Cautiously he moved a bit closer to make sure she was alone, and he could see she still held the little fish in her hand and it was no longer wiggling.

He sat at the top of a hill behind a thicket and waited. He knew something was going to happen, for his mother had never done anything like this before. Far away, the bell of Kermaria broke the silence, marking the end of evening Mass.

The wait was long, and Joseph grew agitated. Perhaps his mother had not betrayed him, perhaps the man she was waiting for really belonged to the chapel and was none other than Father Medard. But then, on an open path between the thorny bushes, a man appeared—very tall, blond, strong-limbed. Joseph recognized him by his walk as the fisherman who journeyed inland every Friday to sell fish to the parish of Kermaria.

Joseph could only see his mother's back, but by the way her shoulders quivered, he guessed what the look in her eyes must be—so much her own, deep and sad, fixed on the man approaching her.

The fisherman walked over to the woman and took her by the shoulders with his big open hands, and she began to rise, slowly. Joseph didn't want to witness the meeting of those eager lips, and he cried out, "Mama!"

And then he wanted to roll over and over on the thorns and to be beaten very hard, so the pain he felt inside would go out of him and mingle with the healthy, familiar pain of the flesh. But the blows didn't come, and when he finally opened his eyes,

cuando por fin levantó la vista encontró a su madre sola frente a él, con los brazos colgándole al costado, como vaciados.

Volvieron a la chacra juntos, en silencio, y allí se quedaron encerrados durante varios días, madre e hijo, y ella sólo le hablaba para preguntarle:

—¿Qué sabes tú del mar? —y a veces lo sacudía hasta hacerlo llorar. Joseph apenas atinaba a lamerse las lágrimas repitiéndose que esa era la única agua salada que existía en el mundo.

Mientras tanto el abuelo vagaba por el camino principal bajo la lluvia, y en cuanto oía pasos se acercaba al caminante y le pedía algo de comer, porque a él lo habían dejado abandonado. Y aunque los vecinos se apiadaran de él no podían olvidar las afrentas hechas a Kermaria y le lanzaban pullas y lo insultaban:

—¿Por qué no vas a la capilla a comerte los cirios y a indigestarte con hostias? Degenerado.

—Más de una vez te tomaste el vino de la misa... ¿Por qué no vuelves a hacerlo en lugar de mendigar el que está en nuestras mesas?

Y el abuelo rogaba, como una letanía:

—Piedad para un pobre ciego...

—No es piedad lo que necesitas. Son palos.

Sin embargo lo dejaron dormir sobre la paja fresca de sus graneros y le pintaron de blanco el bastón, y fue huésped de muchas mesas mientras su nuera se mantuvo encerrada sin querer ver a nadie.

¿Qué sabes del mar?, gritaba ella por las noches para no llamar al hombre, y Joseph con los ojos desmesuradamente abiertos, trataba de verla en la oscuridad mientras mordisqueaba un pedazo de pan seco, rancio casi, que había logrado esconder en su bolsillo.

Una mañana, por fin, amaneció con sol. Era el mismo sol de la tarde de peregrinaje que había desaparecido hasta ese momento oculto tras la capa gris de la llovizna. Entonces la

his mother was standing alone in front of him, her hands limp at her sides.

They walked back to the farm in silence, and there, mother and son stayed shut in for several days. She spoke only to ask, "What do you know about the sea?" and sometimes she shook him until he cried. Joseph licked his tears, thinking they were the only salt water in the world.

In the meantime, the grandfather wandered about the main road in the rain. When he heard footsteps, he would approach the passersby and ask for something to eat because he had been forsaken. The neighbors felt sorry for him, but they couldn't forget his affronts to Kermaria, and they shouted obscenities and insults at him.

"Why don't you go to the chapel and swallow wafers and eat candles and get indigestion! Degenerate!"

"Time and again you drank the wine that was meant for Mass. Why not do it again instead of begging for the wine from our tables?"

But, like a litany, the grandfather kept on begging: "Pity for a poor blind man..."

"It isn't pity you need, but a thrashing."

Nevertheless, they let him sleep in the fresh hay in their barns, and they painted his walking stick white, and he was a guest at many tables while his daughter-in-law kept herself shut in.

"What do you know about the sea?" she would scream at Joseph at night. And Joseph, his eyes open wide, tried to see her in the dark as he chewed on a bit of stale bread that he had been hiding in his pocket.

Finally, one morning, the sun came out again, the same sun that had shone the afternoon of the pilgrimage and then disappeared behind the gray cloak of the drizzle. His mother

madre hizo un paquete con los embutidos que quedaban en la alacena y obligó a Joseph a vestirse rápidamente para salir.

Llegaron a Ploumanac'h con las últimas luces del atardecer, no porque el camino fuera largo sino porque les había resultado difícil encontrar quien los llevara.

—Este es el puerto, no puede ser, no puede ser —exclamó la madre de Joseph mordiéndose la palma de la mano y mirando desolada ese puerto seco, abandonado por la marea, donde las barcas panzonas de los pescadores yacían recostadas sobre la arena rosada.

—No puede ser— coreó Joseph, pero íntimamente se alegraba: No puede ser, pero es...y ya sus labios estaban por esbozar una tímida sonrisa de triunfo, la primera desde hacía muchos días, cuando a lo lejos vio acercarse a un hombre y reconoció al pescador de su madre y notó que él también los había reconocido y se dirigía hacia ellos. Entonces se soltó bruscamente de la mano que lo tenía sujeto y echó a correr hacia el otro extremo del camino.

—Joseph, Joseph, vuelve, no te vayas —gritó la madre.

Y luego: —Ay, Pierre, haz qué me vuelva el chico. Que no se me vaya...

Empezaron a correr tras Joseph. La madre jadeaba y sin embargo no podía dejar de gritar:

—Quería volver a encontrarte, Pierre, pero no para perderlo a él. Vine a buscarte, te lo juro; alcánzalo, por Dios, alcánzalo.

El pelo le caía a Joseph sobre los ojos mientras corría, y la desesperación le impedía ver claro. Quería huir de ese hombre desconocido y al mismo tiempo no quería alejarse de su madre. Pero ella estaba en el bando de ese hombre y no le quedaba más remedio que correr, con todas sus fuerzas. Por momentos creía tener las voces de ellos casi encima y se asustaba, y después se asustaba más aún porque le parecía que el sonido

packed the sausages that were left in the pantry and made Joseph get dressed quickly and go out.

They arrived at Ploumanac'h at sunset, not because it was a long way off but because they had had a hard time finding someone who would take them there.

"Is this the harbor? It can't be, it can't be," Joseph's mother exclaimed, biting the palm of her hand and looking despairingly at the dry harbor, forsaken by the tide, where the big-bellied fishing boats lay on the rosy sand.

It can't be, Joseph repeated, but inwardly he was happy. It can't be, but it is... and his lips were about to stretch into a timid smile of triumph, when in the distance he saw a man approaching, and he recognized his mother's fisherman. The fisherman had recognized them, too, and was walking right toward them. Without warning, Joseph freed himself from the hand that was holding him and began to run.

"Joseph, Joseph, come back, don't go away," his mother cried, and then, "Ah, Pierre, make my boy come back. Don't let him run away from me."

They began to run after Joseph. His mother, though out of breath, managed to shout, "I wanted to find you again, Pierre, but not to lose him. I came to look for you, I swear it. Catch him, for God's sake, catch him...."

Joseph's hair fell over his eyes as he ran, and desperation blurred his vision. He wanted to escape from that man, yet he didn't want to be parted from his mother. But she was on the man's side, so there was nothing he could do but run with all his might. At moments he felt their voices almost on top of him and he was frightened; but he was even more frightened when the

de su nombre cuando lo llamaban se hacía cada vez más lejano y ya no podría recuperarlo.

Por fin divisó el portón del recinto de una iglesia y se decidió a entrar. Pisó terreno amigo cuando tuvo bajo sus plantas las piedras del camposanto y pudo detenerse para aspirar, hondamente, y luego largar un prolongado suspiro que tuvo su eco en el campanario. Pudo también comprobar, al detenerse, que la noche acababa de caer y que las últimas luces violetas se esfumaban tras la cruz de granito del calvario. A pesar de la penumbra creciente también llegó a distinguir el osario con sus finas columnas. Sin lugar a dudas ese era el mejor refugio. allí donde nadie pensaría en ir a buscarlo. Como tenía apenas once años se pudo escurrir por entre la angosta separación que dejaban las columnas y sentarse sobre la enorme pila de huesos humanos, grises, y cariados, desenterrados a lo largo del tiempo para dar lugar en el pequeño cementerio a los huesos nuevos, a la carne muerta, a los gusanos.

Y como tenía apenas once años todo el terror que por allí flotaba se adueñó poco a poco de él y el frío le clavó sus filos y se habría puesto a aullar como los perros de no haber temido que lo confundieran con un alma en pena.

Para defenderse lo único que podía hacer era cerrar los ojos, con los párpados muy apretados, para no ver fantasmas ni luces malas. Podía también taparse los oídos con los brazos para no escuchar los quejidos de los muertos... Pero se hacía trampa a sí mismo y a veces aflojaba la fuerza de sus brazos para tratar de oír si aún llamaban su nombre a lo lejos y otras veces espiaba por entre los párpados semicerrados para tratar de descubrir alguna silueta humana.

Cuando por fin salió la luna sólo alcanzó a ver las cuencas vacías de las calaveras fijas en él y, mucho más allá de las columnas, la cruz del calvario y el perfil negro de la iglesia.

Para ese entonces el miedo ya se había hecho carne en él, ya casi no le molestaba. Tenía sueño, eso sí, mucho sueño.

sound of their calling grew distant, and he thought he would never find his way back again.

At last he saw a big door that led to a church courtyard, and he went in. He knew he was on friendly ground when he had the churchyard stones under his feet, and he stopped to inhale deeply and release a long sigh that echoed in the bell tower. It was beginning to grow dark, and the last violet lights were disappearing behind the stone crucifix. In spite of the advancing darkness he could also make out the fine columns of the vault. That would be the best refuge, he thought, nobody would think of looking for him there. Since he was only eleven, he could slip through the narrow opening between columns and sit on the enormous pile of human bones, gray and crumbling, disinterred over a long period of time to make room in the small cemetery for new bones, dead flesh, worms.

And since he was only eleven, all the terror that was floating around finally overcame him, and he shivered. He would have howled like a dog had he not been afraid he might sound like a ghost.

To protect himself the only thing he could do was close his eyes real tight to not see the ghosts or strange lights. He could also cover his ears with his arms to not hear the moans of the dead. But every so often he cheated and slackened his arms so he could hear if they were still calling his name in the distance, or he peeked through his half-closed eyes to search for some human silhouette.

When the moon came out, he saw the empty eye sockets of skulls fixed on him and, beyond the columns, the crucifix and the bleak profile of the church.

By then fear had become so much a part of his flesh, it almost didn't bother him. He was exhausted by the long trip, the

Agotamiento por el largo viaje, y la huida, y la tensión... Pensó que después de todo no estaba tan mal que su madre se fuera con un hombre que estaba bien vivo y que no pertenecía a ese maldito mundo de los muertos. Pensó, mientras la cabeza le caía sobre la pila de huesos terrosos, que el cariño que él necesitaba no era su madre quien podía dárselo sino esa otra mujer que había en su pueblo, tan vasta, tan cálida, tan generosa: la capilla de Kermaria.

flight, and the fear. He thought that perhaps it wasn't so bad that his mother was going away with a man who was very much alive and who didn't belong to the damned world of the dead. As his head fell on a pile of bones, he thought that the affection he needed and could no longer have from his mother might come from that other woman in his village, so large, so warm, so generous: the chapel of Kermaria.

tr. Hortense Carpentier and J. Jorge Castello

LA PUERTA

Los primeros días de julio llegaron a Santiago del Estero con vientos fríos y la silbante amenaza de un invierno más crudo que de costumbre. Flotaba una atmósfera constante de polvo gris, los árboles secos se doblaban con cada ráfaga hasta quebrarse. Sólo los altos cardones mantenían erguido su espinoso perfil sin frente contra el huracán; hasta que ellos también caían dejando ver que tanto coraje era hueco por dentro. Todo se había vuelto blancuzco como un paisaje de nieve sucia, sin nieve pero con viento. El crujido de las breas y de los espinillos hacía más duro ese frío que resbalaba por las osamentas también blancas y peladas de los animales muertos.

En el rancho cercado por una apretujada hilera de cactos el viento corría como por el campo abierto. Era inútil que cerraran bien la puerta tallada, orgullo de todos: las paredes de lata y arpillera, el techo de paja, no servían de reparo. Acurrucados alrededor de un fuego mortecino, el Orosmán, la Belisaria, los ocho chicos y la abuela buscaban, más que el calor de esas brasas casi extinguidas, el calor humano. En su cajón de frutas el bebé de catorce meses lloraba y la Belisaria se preguntaba qué harían con el otro que estaba por llegar. Como contestando a su pregunta, desde el fondo del silencio surgió la voz del mayor de los chicos, el Orestes:

172

THE DOOR

The first days of July brought cold winds and the ominous threat of a harsh winter to Santiago del Estero. A mass of gray dust floated in the air, and each gust seemed to bend the withered trees to the breaking point. Only the tall cactuses maintained their spiny, uniform profiles erect against the hurricane, until they also fell, just to demonstrate how hollow they were inside, how empty was their show of strength. The pale dust had bleached the landscape. The cold that slid through the skeletons of dead animals was made more unbearable by the sounds of splitting canvas and crackling thorny bushes.

Inside the hut, the wind raced mercilessly, as if across an open field. It didn't help to shut the carved door. The straw roof, the walls of tin and canvas were poor protection. Huddled around a dying fire, Orosmán, Belisaria, the eight children, and the grandmother sought warmth from each other rather than from the smoldering coals. The fourteen-month-old baby cried in the crate that served as a crib, and Belisaria asked herself what they would do with the newborn when it arrived. From the depths of the silence, she heard the voice of her oldest child, Orestes:

—No podemos seguir así, tata. Vámonos pa'l Tucumán...

—Sí, pa'l Tucumán, pa'l Tucumán —corearon los hermanos.

—Me contaron que en la ciudad hay luces. Y las casas son altas y fuertes, el viento no las atraviesa.

Y el Orestes, de nuevo:

—Don Zoilo dice que allí vamos a encontrar trabajo. Que necesitan muchas manos pa'l azúcar. Y dice también que hay mucha plata.

—Tata, don Zoilo fue el año pasado a la zafra. Dice que ya está muy viejo para volver, que le vende el carretón.

—El Orestes dice que se lo podemos cambiar por las chivas y las dos ovejas. Allá no las vamos a necesitar.

El Orosmán protestó:

—¿Cómo vamos a ir con la mama así, pues?

La Belisaria no quiso saber nada:

—Yo voy igual.

—Y la abuela ya está vieja.

—Yo también quiero ir pa'l calor, quiero vivir bien mis últimos días.

Esa noche se durmió mucho mejor en el rancho, con la esperanza tapándolos como si fuera una manta.

La mañana siguiente hirvió de actividad. Primero la discusión con don Zoilo que además de las chivas y las dos ovejas quería que le dieran la puerta a cambio del carretón, cosa imposible. Separarse de la puerta era traicionar todas las tradiciones: tenía cinco diablos tallados y como un ángel arriba que los espantaba. Más diabólico resultaba el ángel que los otros, pero eso era culpa del abuelo del Orosmán que la había hecho sin saber trabajar bien la madera, allá en las misiones. Sin embargo los curas le habían dicho es muy bonita, la vamos a poner en la capilla, y el abuelo en lugar de sentirse orgulloso esa misma noche se hizo al campo con su caballo y su puerta a cuestas porque no quería que fuera de Dios sino de él y de los suyos. Entre los suyos quedó, y no era el Orosmán el que la iba a cambiar por un mísero carretón de gruesos troncos

"We can't go on like this, Papa. Let's go to Tucumán...."

"To Tucumán, to Tucumán," the children chorused.

"They say there are lights in the city. And the houses are tall and strong; no wind cuts through them."

And Orestes again:

"Don Zoilo says we'll find work there. They need many hands for the sugar. He says there's a lot of money."

"Papa, Don Zoilo went to the sugar harvest last year. He says that now he's too old to go back and that he'll sell you his cart."

"Orestes says we can exchange it for the goats and the two sheep. We won't need them there."

Orosmán protested, "How are we going to go, with Mama the way she is, eh?"

Belisaria paid no attention. "I'll go just the same."

"But Grandmother is old now."

"I also want to get warm, I want to be comfortable in my old age."

That night sleep came much easier to the family in the hut, with hope covering them like a shawl.

The following morning they were bursting with activity. First the discussion with Don Zoilo, who, in addition to the goats and the two sheep, wanted their door as well, an impossible demand. To part with the door was to betray all tradition. The door had five devils carved on it, and an angel above to frighten them. Actually, the angel looked more devilish than the devil himself. But that was the fault of Orosmán's grandfather, who had made the door back in the mission without knowing how to carve in wood. Nevertheless, the priests had told him that the door was very beautiful, and they had said, "Let's use it in the chapel." Instead of feeling proud, the grandfather had made off for the country that same night, leading his horse with the door loaded on its back, because he did not want the door to be for God, but for himself and his kin. Among his kin it had remained, and Orosmán would not be the one to exchange it for

175

y sin techo, aunque fuera de los mejorcitos que tenian los santiagueños para irse a la zafra.

Por fin el trato quedó cerrado con la sola entrega de los animales y el carretón cambió de dueño. Los caballos caracolearon alegres bajo el peso de los arneses que habían dormido durante cinco años en un rincón del rancho, los largos tientos de cuero para espantar las moscas les cosquilleaban los flancos y sintieron nuevos bríos olvidados mucho tiempo atrás.

El Orosmán y los chicos cargaron sin fatiga las bolsas de maíz y todo lo que iban encontrando en el rancho. Poco a poco el carretón se fue llenando, y el rancho entero empezó a ubicarse allí arriba: las paredes de arpillera fueron usadas de envoltorio, la paja del techo dispuesta para rellenar huecos y formar colchones. Por fin quedaron sólo dos postes de pie, como una cruz sobre la tumba del ranchito al que ya no volverían.

Don Zoilo, tomando mate en cuclillas, les dijo:

—Sigan mi consejo, vayan a la ciudá. Allí los conchaban mejor, les dan mejores salarios. No se dejen contratar en el campo, lleguen hasta la ciudá.

Fueron las palabras de despedida. El Orosmán, montado sobre el caballo del medio, hizo restallar el látigo y emprendieron la marcha. Una noche de frío los pescó en pleno camino y los obligó a detenerse. Al fuego raleado por el viento calentaron la comida y después durmieron hundidos en el carretón, entre los bultos y la paja. La mañana siguiente les trajo un poco de sol, como una promesa, y los llevó a la carretera que iba derecho a la ciudad. Atrás quedó el monte espinoso y seco, pero el paisaje cada vez más ralo se negó a cambiar. Y el cielo, a medida que se escurría la tarde, empezó a tomar feos tonos de gris hasta que el campo y el cielo se confundieron en la niebla del horizonte. La noche se volvió a cerrar sobre ellos, sobre su hambre y su frío.

Cuando emprendieron de nuevo la marcha pudieron ver que a los lados del camino el campo se empezaba a volver verde,

a miserable roofless cart made from thick tree trunks, not even if it were the best cart in Santiago.

Finally, with the delivery of the animals, the deal was concluded and the cart changed owners. The horses neighed happily under the weight of harnesses that had lain unused in a corner of the hut for five years. The long rawhide laces stroked their flanks to brush away flies, and they felt a new vigor.

Orosmán and the children loaded the sacks of corn, along with everything they could find in the hut. Little by little the cart filled up, until the entire hut was piled there. The burlap walls were used to wrap belongings, and the straw from the roof was stuffed in to fill gaps and to make mattresses. Finally, only two posts remained standing, like a cross above the tomb of the little hut to which they would never return.

Don Zoilo, squatting on the ground and sipping maté, said to them, "Take my advice, go directly to the city. They'll take better care of you there. You'll get better pay. Don't take work in the country, go to the city."

Such were his words of farewell. Orosmán, mounted on the middle horse, cracked the whip, and they were off. On the open road, a cold night caught them by surprise and forced them to halt. They warmed some food on the fire made wispy by the wind, and then slept buried in the cart between bundles and straw. The following morning brought them a little sun, like a promise, and led them to the road that went directly to the city. Behind them was the thorny and dry slope, but the landscape, at each step more arid, refused to change. As the afternoon slipped away, the sky began to take on ugly tones of gray until landscape and sky merged in a haze at the horizon. Night returned to cover them, their hunger, and their cold.

When they began moving again, they could see green at the sides of the road, planted fields: the city was near now.

sembrado; la ciudad ya estaba cerca. De golpe, un estruendo les sobresaltó el cansancio. Lo siguió otro, y después otro más.

—Son cañones —dijo el Orestes en voz muy baja—. Así me contaron que suenan los cañones, y todo tiembla.

—No diga sonseras, m'hijo. Serán los ruidos de la gran ciudá —y castigó a los caballos para que apretaran el paso.

Tomaron la avenida de entrada a la ciudad, con casas y jardines y una enorme cantidad de gente que se apuraba hacia el centro. El carretón los siguió, rodeó una plaza, enfiló por una calle angosta y de golpe, agazapado a la vuelta de una esquina, descubrió un pelotón de soldados que a una voz de mando se puso a marchar.

Siguieron avanzando. Los altos edificios estaban cubiertos de banderas, celestes y blancas, y la gente se duplicaba, se multiplicaba en todas las personas del mundo que no podían dejar de gritar y de cantar. Autos y sulkies empujaban al carretón hacia la plaza mayor y el Orosmán y su familia, azorados, se dejaban llevar. Los tanques que avanzaban hacia ellos no lograron más que agrandarles los ojos de susto. Y para colmo, ese vigilante que les gritaba:

—Circulen, circulen, ahí no se pueden detener.

La banda lanzaba sus tambores a todo galope y la corriente los arrastraba. Un sargento montado se acercó hasta ellos para gritarles váyanse de acá ¿no ven que está prohibido pasar?

Los caballos ya no respondían a las riendas, los chicos menores lloraban escondidos entre la paja. Pasaron frente a grandes carteles con esa difícil palabra sesquicentenario que no supieron leer y la Belisaria también se largó a llorar en silencio porque eso era el infierno y había que pedirle a la Virgencita que los sacara de allí.

Por fin encontraron una calle que los alejaba de la plaza, aunque había que abrirse paso entre la gente. Pasaron frente a

Suddenly a roar jolted them out of their weariness. Another followed, then still another.

"Cannons," said Orestes in a hushed voice. "That's how they told me cannons sound, they make everything tremble."

"Don't talk nonsense, my son. It must be the noise of the big city," and he whipped the horses to quicken the pace.

The road into the city was lined with houses and gardens, and there were swarms of people hurrying toward the center of town. The cart followed the crowd, circled a plaza, then plunged straight ahead through a narrow street. Suddenly, as they turned a corner, they caught sight of a platoon of soldiers and heard a commanding voice give the order to march.

They continued moving ahead. The tall buildings were covered with flags, sky blue and white, and the crowd was getting larger, multiplying itself into all the people in the world who couldn't stop shouting and singing. Cars and sulkies pushed the cart toward the main plaza, and Orosmán and his family, bewildered, let themselves be carried along. The tanks advancing toward them only made their frightened eyes grow larger, and to top it off, there was a policeman who shouted," Keep moving, keep moving, you can't stop here."

The drums of the band were striking an ever faster beat, and the cart was being dragged into the current. A mounted sergeant approached them, shouting, "You can't go through there, don't you see it's forbidden?"

The horses were no longer responding to the reins, the smaller children were crying, buried in the straw. They passed several large posters with a difficult word, SESQUI-CENTENNIAL, which they couldn't read, and Belisaria began to cry silently because this was hell and she had to pray to the Little Virgin to get them away from there.

Finally, they found a street that led them away from the plaza, although they had to force their way through the crowd. They passed before a whitewashed house that was at the center

179

una casa encalada que parecía ser el centro del tumulto, con sus dos ventanas de rejas verdes al costado de la puerta.

—¡Miren, miren, una puerta casi tan linda como la nuestra! —gritó uno de los chicos, pero ya nada podía llamarles la atención. Ni siquiera cuando estalló ese incendio de luces y los contornos de la catedral quedaron dibujados en la noche como una admonición. En el cielo reventaban los fuegos malos, rojos y verdes, y con el resplandor sus caras parecían de ánimas en pena.

Y como un ánima en pena el carretón se dejó arrastrar por ese torbellino de gritos y colores, por el mareo de la ciudad.

Los cañones tronaron de nuevo, el estruendo ensordecía, y en cuanto los caballos se encontraron en una calle libre del cinturón de gente que los rodeaba acabaron por desbocarse echándose a galopar por el asfalto.

El Orosmán sólo pudo contenerlos al llegar al descampado, donde de la ciudad apenas quedaba una mancha roja en el cielo como una puesta de sol. La marcha se hizo más lenta, entonces, pero no se detuvo. Casi se podría decir que sin detenerse llegaron hasta los dos palos en cruz que montaban guardia en el lugar donde había estado su rancho. El frío estaba agazapado allí, como esperándolos, y la necesidad de un fuego se volvió vital después de esa marcha forzada que había durado una noche, un día, y parte de otra noche. Hasta para espantar las ánimas necesitaban un fuego y uno de los chicos gimió quememos la puerta, mientras intentaba en vano encender unos tronquitos que apenas, si lograban chispear.

—¡No, la puerta no! —protestó la Belisaria. —Es lo único que tenemos, nos acompaña. Y si la quemamos, seguro que alguna maldición nos trae.

El silencio fue largo y doloroso.

—Más maldición es que la abuela se nos muera de frío... —determinó el Orosmán.

Se despidieron de la puerta con unción, pero las llamas crecieron rápido y las caras de los diablos empezaron a

of the commotion, with its two windows covered by green grates at either side of the door.

"Look, a door almost as pretty as ours!" shouted one of the children, but nothing could get their attention, not even that flare of lights and the contours of the cathedral that hung in the night like an admonition. In the sky, evil fires were exploding, red and green, and in the brightness their faces seemed to be those of souls in pain.

Like a lost soul, the cart was being dragged through that cyclone of shouts and colors, through the pitching and rolling of the city.

The guns thundered again, the clamor was deafening, and as soon as the horses found themselves in a street free of the encircling hordes of people, they burst into a gallop.

Orosmán couldn't get the horses under control until they reached the open country, where the city was no more than a red stain in the sky, like a sunset. From then on the long, tiring journey went slower, but it never halted. Finally they arrived at the two crossed posts that stood over the place where the hut had been. The cold was crouched there, as if waiting for them. The need for a fire was great, especially after that long hard trip that had lasted a night, a day, and part of another night. A fire was also needed to scare off the souls of the dead, and one of the children groaned, "Burn the door." He had been trying to light some twigs, but got hardly a spark.

"Not the door, no!" Belisaria protested. "It's the only thing we have, it watches over us. If we burn it, for sure a curse will fall on us."

The silence was long and painful.

"A worse curse would be for Grandmother to die of cold," Orosmán concluded.

They took leave of the door with piety and devotion, but the

retorcerse en muecas que se burlaban de ellos, de todos ellos y del ángel.

No por eso les faltó calor, y cuando don Zoilo pasó por allí a la mañana las brasas todavía estaban rojas. Su sorpresa fue grande al verlos de vuelta al Orosmán con su mujer y su madre y sus hijos, todos como rezando alrededor de los palos en cruz que era el único recuerdo que les quedaba del rancho.

—¿Cómo, volvieron? —les preguntó sin desmontar—. Van a tener que empezar de nuevo...

—Sí, de nuevo —le contestó el Orosmán. —Y ahora ni siquiera tenemos la puerta para que nos proteja. Pero preferimos volver, aunque nos muramos de frío.

Y mirándose las manos agregó: —Porque cuando llegamos allá, el Tucumán estaba en guerra.

flames grew rapidly, and the devils' faces twisted into grimaces that mocked them, all of them, including the angel.

But they did have the heat, and when Don Zoilo passed by in the morning, the coals were still burning. He was enormously surprised to find that Orosmán, with his wife, his mother, and his children, had returned, and that all were praying at the foot of the wooden cross, the only sign of the hut that remained.

"How come you're back?" he asked them without dismounting. "You're going to have to begin again."

"Yes," Orosmán answered. "And now we don't even have the door to protect us. But we had to return, even though we may die of cold."

And looking at his hands, he added, "Because when we arrived there, Tucumán was at war."

tr. Hortense Carpentier and J. Jorge Castello

VISION DE REOJO

La verdá, la verdá, me plantó la mano en el culo y yo estaba ya a punto de pegarle cuatro gritos cuando el colectivo pasó frente a una iglesia y lo vi persignarse. Buen muchacho después de todo, me dije. Quizá no lo esté haciendo a propósito o quizá su mano derecha ignore lo que su izquierda hace o. Traté de correrme al interior del coche —porque una cosa es justificar y otra muy distinta es dejarse manosear— pero cada vez subían más pasajeros y no había forma. Mis esguinces sólo sirvieron para que él meta mejor la mano y hasta me acaricie. Yo me movía nerviosa. Él también. Pasamos frente a otra iglesia pero ni se dio cuenta y se llevó la mano a la cara sólo para secarse el sudor. Yo lo empecé a mirar de reojo haciéndome la disimulada, no fuera a creer que me estaba gustando. Imposible correrme y eso que me sacudía. Decidí entonces tomarme la revancha y a mi vez le planté la mano en el culo a él. Pocas cuadras después una oleada de gente me sacó de su lado a empujones. Los que bajaban me arrancaron del colectivo y ahora lamento haberlo perdido así de golpe porque en su billetera sólo había 7.400 pesos de los viejos y más hubiera podido sacarle en un encuentro a solas. Parecía cariñoso. Y muy desprendido.

VISION OUT OF
THE CORNER OF ONE EYE

It's true, he put his hand on my ass and I was about to scream bloody murder when the bus passed by a church and he crossed himself. He's a good sort after all, I said to myself. Maybe he didn't do it on purpose or maybe his right hand didn't know what his left hand was up to. I tried to move farther back in the bus—searching for explanations is one thing and letting yourself be pawed is another—but more passengers got on and there was no way I could do it. My wiggling to get out of his reach only let him get a better hold on me and even fondle me. I was nervous and finally moved over. He moved over, too. We passed by another church but he didn't notice it and when he raised his hand to his face it was to wipe the sweat off his forehead. I watched him out of the corner of one eye, pretending that nothing was happening, or at any rate not making him think I liked it. It was impossible to move a step farther and he began jiggling me. I decided to get even and put my hand on his behind. A few blocks later I got separated from him by a bunch of people. Then I was swept along by the passengers getting off the bus and now I'm sorry I lost him so suddenly because there was only 7,400 pesos in his wallet and I'd have gotten more out of him if we'd been alone. He seemed affectionate. And very generous.

tr. Helen Lane

PAVADA DE SUICIDIO

Ismael agarró el revólver y se lo pasó por la cara despacito. Después oprimió el gatillo y se oyó el disparo. Pam. Un muerto más en la ciudad, la cosa ya es un vicio. Primero agarró el revólver que estaba en un cajón del escritorio, después se lo pasó suavemente por la cara, después se lo plantó sobre la sien y disparó. Sin decir palabra. Pam. Muerto.

Recapitulemos: el escritorio es bien solemne, de veras ministerial (nos referimos a la estancia escritorio). El mueble escritorio también, muy ministerial y cubierto con un vidrio que debe de haber reflejado la escena y el asombro. Ismael sabía dónde se encontraba el revólver, él mismo lo había escondido allí. Así que no perdió tiempo en eso, le bastó con abrir el cajón correspondiente y meter la mano hasta el fondo. Después lo sujetó bien, se lo pasó por la cara con una cierta voluptuosidad antes de apoyárselo contra la sien y oprimir el gatillo. Fue algo casi sensual y bastante inesperado. Hasta para él mismo pero ni tuvo tiempo de pensarlo. Un gesto sin importancia y la bala ya había sido disparada.

Falta algo: Ismael en el bar con un vaso en la mano reflexionando sobre su futura acción y las posibles consecuencias.

Hay que retroceder más aún si se quiere llegar a la verdad: Ismael en la cuna llorando porque está sucio y no lo cambian.

No tanto.

ALL ABOUT SUICIDE

Ismael grabbed the gun and slowly rubbed it across his face. Then he pulled the trigger and there was a shot. Bang. One more person dead in the city. It's getting to be a vice. First he grabbed the revolver that was in a desk drawer, rubbed it gently across his face, put it to his temple, and pulled the trigger. Without saying a word. Bang. Dead.

Let's recapitulate: the office is grand, fit for a minister. The desk is ministerial too, and covered with a glass that must have reflected the scene, the shock. Ismael knew where the gun was, he'd hidden it there himself. So he didn't lose any time, all he had to do was open the right-hand drawer and stick his hand in. Then he got a good hold on it and rubbed it over his face with a certain pleasure before putting it to his temple and pulling the trigger. It was something almost sensual and quite unexpected. He hadn't even had time to think about it. A trivial gesture, and the gun had fired.

There's something missing: Ismael in the bar with a glass in his hand thinking over his future act and its possible consequences.

We must go back farther if we want to get at the truth: Ismael in the cradle crying because his diapers are dirty and nobody is changing him.

Not that far.

Ismael en la primaria peleándose con un compañerito que mucho más tarde llegaría a ser ministro, sería su amigo, sería traidor.

No. Ismael en el ministerio sin poder denunciar lo que sabía, amordazado. Ismael en el bar con el vaso en la mano (el tercer vaso) y la decisión irrevocable: mejor la muerte.

Ismael empujando la puerta giratoria de entrada al edificio, empujando la puerta vaivén de entrada al cuerpo de oficinas, saludando a la guardia, empujando la puerta de entrada a su despacho. Una vez en su despacho, siete pasos hasta su escritorio. Asombro, la acción de abrir el cajón, retirar el revólver y pasárselo por la cara, casi única y muy rápida. La acción de apoyárselo contra la sien y oprimir el gatillo otra acción pero inmediata a la anterior. Pam. Muerto. E Ismael saliendo casi aliviado de su despacho (el despacho del otro, del ministro) aun previendo lo que le esperaría fuera.

Ismael in the first grade fighting with a classmate who'll one day become a minister, his friend, a traitor.

No. Ismael in the ministry without being able to tell what he knew, forced to be silent. Ismael in the bar with the glass (his third) in his hand, and the irrevocable decision: better death.

Ismael pushing the revolving door at the entrance to the building pushing the swinging door leading to the office section, saying good morning to the guard, opening the door of his office. Once in his office, seven steps to his desk. Terror, the act of opening the drawer, taking out the revolver, and rubbing it across his face, almost a single gesture and very quick. The act of putting it to his temple and pulling the trigger—another act, immediately following the previous one. Bang. Dead. And Ismael coming out of his office (the other man's office, the minister's) almost relieved, even though he can predict what awaits him.

tr. Helen Lane

THE ATTAINMENT OF KNOWLEDGE

PARA ALCANZAR EL CONOCIMIENTO

PARA ALCANZAR EL CONOCIMIENTO

Los sentidos y los dioses vienen muy ligados en esta zona del mundo, suponiendo que esta zona esté en el mundo y no como colgada por encima del Ande y tanto más allá del alcance de la mano. Arriba, azul angustiante, y si al menos ellos lo supieran, si supieran de la angustia. Pero no. No saben ni de la desolación ni del azul, tantos siglos viviendo en sus falsas islas de paja que flotan sobre el lago —islas realimentadas a diario— tantas generaciones hechas de estar pisando casi el agua sobre las islas flotantes de totora, algo como Cristo si supieran. Tampoco eso saben mientras navegan en sus barcas que son prolongaciones de las islas, igualmente luminosas y amarillas.

Saben, sí, de la ausencia de los sonidos porque el oído les ha sido dado como una bendición para captar los sutilísimos matices del silencio. Por eso digo: los dioses y los sentidos vienen muy ligados por estas latitudes. También lo digo porque más sublime, para ellos, es ser ciegos a los colores. Los acromáticos puros son allí venerados porque tienen la enorme ventaja de no dejarse deslumbrar por ese azul tan inhumano que es el azul del lago, ni por su reflejo en el cielo, ni por los golpes de sol en la dorada paja. Demasiada intensidad cromática para tanto silencio, razón por la cual quienes no pueden percibir los colores a menudo alcanzan rango de sacerdotes.

THE ATTAINMENT OF KNOWLEDGE

The senses and gods intersect in these parts of the world, assuming these parts are of the world and not strung over the Andes, just beyond arm's reach. Above, an anguished blue. If only they knew, if they knew of that anguish. But no. They recognize neither the desolation nor the blue. So many centuries living on their false islands made of straw, floating on the lake, islands regenerated daily; so many generations come and gone, nearly walking on water over these islands of rushes. Almost like Christ if they only knew. But they don't even know that, as they sail their rafts that are extensions of those islands—just as yellow, just as bright.

They know, yes, about the absence of sound, because their ears have been blessed so as to catch silence's most subtle nuances. That is why I say that the gods and senses intermingle in these latitudes. I also say it because, for them, the most sublime of states is color-blindness. A pure achromatope is venerated for the gift of standing undazzled before that inhuman blue that is the blue of the lake, before its reflection in the sky, before the sun's beating on the golden straw. Too much chromatic intensity for so much silence—that is why those who can perceive no color at all enjoy at least the dignity of priests.

Más de uno dijo no reconocer tonalidades y fingió confundirse y hasta equivocó la línea de horizonte, pero la impostura no inquieta a nadie en esta tapa del mundo; quien no ve los colores sólo puede beneficiarse interiormente y de nada le son útiles las magras reverencias que en algún momento le tributan sus cofrades.

Así transcurre la vida y es tan breve. Pocos hay entre ellos que alcanzan la cincuentena y estos escasos viejos son más queridos que execrados pero mantienen un mínimo contacto con el resto de la tribu.

Han perdurado para volverse sabios y por eso mismo ya nadie quiere prestarles oídos y todos sueñan con fabricarles una enorme jaula de vidrio para tenerlos tan sólo al alcance de la vista. Aunque no hay manera alguna de obtener el vidrio en las alturas. Una única vez conocieron el vidrio y les hubiera sido fatal de no estar viviendo sobre el agua. El vidriecito fue bello y admirado hasta que concentró tanto los rayos del sol que provocó el incendio. El primer incendio de la historia de ellos, casi el último. Se declaró en una isla recién terminada y la paja nueva ardió por un buen rato hasta que se fue abriendo carnino incendiando los juncales a su paso y partió a la deriva. Una embarcación de llamas.

Esa isla tenía una choza de totora y una vieja del mismo material indefinible del que están constituidos los mortales.

Y se fueron flotando, no más, esas llamas que habían sido una isla con su vieja y su choza, y bogando a distancia dieron tal espectáculo que por primera vez los no privilegiados se alegraron de percibir los colores, porque el rojo no pertenecía al espectro conocido por ellos hasta entonces. (Los venerados acromáticos se perdieron las llamas y ésa fue finalmente su desdicha: ignorar el color de lo que arde.)

En cambio la vieja en su isla incendiada supo más: llegó a enterarse del calor y hasta del horror de aquello que está ardiendo. Comprobó también que el fuego se tragaba sus gritos, y cuando por fin el agua la pudo contra el fuego ella quedó

More than one among them has claimed to see in black and white, feigning confusion, even mistaking the line of the horizon, but the imposture does not disturb anyone there on the lid of the world. He who sees no colors is only greatly blessed within himself. The meager propitiations that on occasion his fellows render up are of little use.

Thus life goes by—briefly. Few of these people live to fifty. The old ones are more beloved than condemned, but they maintain a minimum of contact with the rest of the tribe.

They have lasted, growing wise, and for that very reason nobody wants to listen to them. Everyone dreams of building an enormous glass cage, so they might be seen but not heard. However, there is no way to get glass in the highlands. They encountered glass here only once, and that would have been fatal had they not lived on the water. The little piece of glass was lovely and much admired until it so focused the sun's rays that a fire started. It was the first fire in their history, and nearly the last. It flared on a newly constructed island and the fresh straw burned for a long time, till the island burned its way free of the tangle of reeds and began to drift. A fire ship.

On the island was a hut of rushes and an old woman of material indistinguishable from that of which mortals are made.

They floated away—those flames that had once been an island with its old woman and her hut—and from a distance provided such a spectacle that, for the first time, the common folk rejoiced in their ability to see colors, because red had not been part of their known spectrum up to that time. (The honored color-blind missed the flames, to their eventual misfortune: they did not know the color of combustion.)

The old woman of the island, on the other hand, knew more: she found out about heat and even the horror of burns. She learned too how the fire swallowed her cries, and when finally the water vanquished the flames, she remained floating on that

195

flotando sobre la inmensidad del lago—ese mar en la punta de la tierra—en una isla chiquita, achicharrada. Empezó a notar entonces que sus conocimientos se habían ido expandiendo al calor de las llamas y se sintió infinitamente más sabia que antes de haber salido en su peregrinación forzada. ¿Más sabia para qué? para no poder transmitírselo a nadie como siempre sucede, sobre todo entre ellos que sólo conocen lo inefable. La sabiduría de ellos sobre sus islas flotantes hechas de paja fresca y la de todos nosotros creyéndonos seguros con los pies en la tierra.

Pero la vieja quería romper el voto de silencio y así en medio del lago tan azul que parecía soñado e imposible, añil, decidió transmitir a los suyos la enseñanza. Decidió hacerles llegar por lo menos la lección del fuego (si pudiera de alguna manera mandarles una chispa; pero una chispa no atraviesa la diafanidad del aire ni circula por agua. Una chispa indefensa, botoncito de lumbre). Y de todas maneras ya su isla se había enfriado, ni quedaba la dulce tibieza de rescoldos.

De la llama a la brasa, de la brasa al rescoldo, a la ceniza tibia, a esa otra ceniza seca, estéril, que todo lo recubría de gris con la ayuda del viento. Habían sido transformaciones lúcidas, pura felicidad interna para nada asimilable a la alegría.

Decirles del calor más allá de las salidas del sol —el sol sabe de esas cosas, no necesita información alguna—; la sabiduría del fuego quisiera transmitirla a los otros, los hermanos, los que aun bajo el sol ignoran todo tipo de tibiezas.

La vieja gris, gris la vieja, cubierta de cenizas, un algo achicharrada pobre vieja, chamuscada en partes y, bajo el polvilló gris de las cenizas, sumamente tostada no tanto por la acción del sol que en esa altura del mundo es inocente sino por el maestro fuego que le enseñó el principio de cocción en carne propia. Y esto, entre tantas otras nuevas, era lo que quería comunicarle a los hermanos: la posibilidad de transformarse uno al mismo tiempo que el fuego transforma el alimento. Es

immensity of the lake—that sea on the tip of the earth—on a tiny, charred island. She began to notice that her knowledge had grown with the heat of the flames, and she felt infinitely wiser than before, having survived her forced pilgrimage. But wise for what? To be unable to transmit it to anyone, as usual, especially among those who know only the ineffable (the wisdom of those on their floating islands of fresh straw, and that of us all who believe ourselves secure with our feet firmly on the ground).

But the old woman wanted to break the vow of silence, and so, in the middle of that lake so blue it seemed dreamt, impossible, indigo, she decided to communicate to the others what she had come to know. She decided to make them learn, at least, the lesson of fire. If she could only send them a spark! But no spark could brave the diaphanous air nor sail over the water. A defenseless spark, tiny button of light. And anyway, her island had, by now, cooled off. Not even the sweet warmth of embers remained.

From fire to flame, from flame to ember to warm ash, to that other ash, dry and sterile, that with the wind's help covers everything with gray. These had been luminous trans-formations—pure, internal joy in no way comparable to simple happiness.

To tell them about the heat beyond that of the sun. She wanted to share the wisdom of fire with the others, with her brothers, those who, though beneath the sun, are unaware of any kind of warmth.

The old, gray woman, covered with soot, a bit charred, poor old thing, scorched in places and, beneath that gray dusting of ash, completely browned not so much from the sun as by master fire, which had instilled in her own flesh the principle of cooking. And that, among so much other good news, was what she wanted to communicate to her fellows: the possibility of transforming oneself at the same time the flame transforms the

decir el poder transmutador de ese ser inasible, ardiente y rojo que sin que ella lo supiera se llamaba fuego.

Buscó entre la ceniza muerta un restito de vida, con las manos hurgó entre las cenizas y hundió los antebrazos hasta el codo sabiendo que el peligro de quemarse ya no era peligro alguno para ella. Y después de mucho buscar encontró una brasita diminuta latiendo en la profundidad de la ceniza. Con esa ínfima brasa y con los carbones que se habían formado mantuvo viva durante meses una humilde fogata (ni siquiera pensó en cocinar sobre ella el pescado reseco, no quiso mancillarla). Y con dulzura fue rearmando su isla: cosechó la totora que crecía en el lago, la puso a secar al sol y cubrió poco a poco el colchón de cenizas con la paja flotante. Después reconstruyó su choza con la misma totora y cuando se sintió completa le prendió fuego a todo pensando que de alguna manera los demás entenderían su mensaje gracias a esa nube oscura que se desprendía del fuego. Reinventó así, sin quererlo, las señales de humo. Tanto le hubiera valido reinventar la telegrafía sin hilos. Total, otro holocausto inútil: los hermanos allá lejos no pudieron o quizá no quisieron descifrar su mensaje.

Tal vez ya lo sabían.

matter. Such is the alchemical power of that inconceivable red and burning being that she did not even know was called fire.

She searched for signs of life, plunging her hands into the ashes, sinking her forearms up to the elbows, knowing that the danger of getting burned was, for her, no danger at all. And after much searching she found a tiny glow beating in the heart of the ash. With that minuscule firebrand and the charcoal that had formed, she kept for months the humble blaze alive. It didn't even occur to her to cook her dried fish over it, not wishing to defile it. And she tenderly went about remaking her island. Harvesting new rushes that grew in the lake, she put them to dry in the sun and covered, bit by bit, that bed of ashes with the buoyant reeds. Afterwards, she rebuilt her hut with the same rushes.

When she felt complete, she set it all afire, thinking that somehow the others would understand her message, thanks to the dark cloud the flames would send aloft. In this way, without meaning to, she reinvented smoke signals. It was as useless as reinventing the telegraph. In sum, another worthless holocaust: the others far off could not or would not decipher her message.

Perhaps they already knew.

tr. Christopher Leland

LEYENDA DE LA CRIATURA
AUTOSUFICIENTE

—Su manera de barajar las cartas no es de macho. Peor que marica, parece una mujer, da asco —comentan por las noches los paisanos mientras juegan al truco en la pulpería del pueblo.

—Nos mira como hombre. Debe de haberse vestido de mujer para tocarnos. No le demos calce que es cosa de mandinga —comentan por las mañanas las mujeres en el almacén de ramos generales.

La ubicación es la misma, ¿es también la misma la persona?

¿Un hombre que es mujer, una mujer que es hombre o las dos cosas a un tiempo, intercambiándose?

Pobre pueblo, qué duda, cuánta angustia metafísica aunque muy bien no sepa explicarla... ¿Pueblo? ¡Bah! una veintena de casas dispersas, y bien chatas para no ofender a la llanura, una iglesia abandonada (muy pocos se dijeron si viviera el padre cura él nos ayudaría a develar el misterio, él nos protegería. Los más decidieron actuar por sus propios medios y observar de cerca a este ser tan extraño; de cerca, sí, no de muy cerca, no tanto como para caer en el negro pozo del contagio).

En el pueblo —como bien puede verse— no hay criollos, todos hijos de italianos y uno que otro inglés que nunca se pronuncia (el diablo se queda, el gaucho ya se nos ha ido). El gaucho habría sabido develar los arcanos en el relincho de su propio caballo cuando este ser tan indefinido se avecina al

LEGEND OF
THE SELF-SUFFICIENT CHILD

"The way he shuffles the deck isn't manly. He's worse than a faggot. He's like a woman. Disgusting," remark the peasants as they play cards at night in the tavern.

"She looks at us like a man would. She must be a man dressed up like a woman to get near us. We shouldn't put up with something so wicked," the women remark in the morning in the general store.

The place is the same. Is it the same person?

A man who is a woman, a woman who's a man, or both at a time, interchangeable.

Poor little town. So much doubt, such metaphysical anguish even if it can't be expressed exactly... Town? Ha! Twenty or so houses, spread out and low-slung so as not to offend the pampas, an abandoned church. A very few said to themselves: Oh, if the padre were still alive, he'd help us figure this mystery out, he'd protect us. Most people decided to follow their own instincts and watch this strange being closely, yes, though not *too* closely, to avoid falling into the black pit of contagion.

In the town, one can see, there are no natives, most have Italian blood, there are a couple of Englishmen who don't take sides (the gaucho has long left but the devil remains). A gaucho would have known how to interpret the secrets in the whinnies of his own horse when this undefinable creature drew close to the

palenque (ellos en el pueblo entienden tan poco de caballos: los atan al poste y los pobres animales desaparecen de sus vidas como si en la pampa no se llevara el caballo siempre en el corazón, aun a la distancia o entre cuatro paredes). En cuanto a este ser, no tiene ni caballo ni perro, claro está: los animales reconocen el olor a diablo por más que el diablo se oculte en las hormonas.

¿Al despuntar el alba este ser se rebana la hombría para arrancarse al diablo? ¿Y vuelve a ponérsela al caer la noche por miedo de tener al diablo metido en algún frasco?

¿O este ser portador de mandinga pertenece francamente al sexo femenino? ¿Se meterá el diablo dentro de este ser cuando este ser es hembra volviéndose dual en cada pecho y manando como leche? ¿O el Maligno estará siempre allí corriéndose de arriba para abajo, de pechos a cojones, por solo placer de desplazarse? ¿Desplazamiento a horario como el ómnibus que llega por la ruta polvorienta los martes a la tarde? Pero el Maligno no se atrasa: con la primera estrella se hace hombre y vaga toda la noche como rondando al pueblo. A veces los paisanos lo han visto tenderse entre los pastos altos y dormir al relente para después, al clarear el día, volver al carromato —sólo el breve tiempo de algunas mutaciones— y salir nuevamente ya convertido en hembra.

Al llegar la noche se comentan estas cosas en la pulpería mientras el extraño ser está acodado al mostrador a distancia prudente. Bajo el techo amigo y al calor de la ginebra se sienten hermanados los del pueblo, libres para hablar de aquello que a cielo descubierto los haría temblar de sacrilegio. Unicamente el pulpero no interviene en conjeturas, en burlas o temores: él sabe que un cliente, si es doble, bien vale dos clientes. Salen dos compradores del raro carromato y sólo eso importa. El diablo no entra en sus haberes.

En cuanto al carromato, es una historia aparte. Cierta madrugada lo vieron los paisanos en las tierras fiscales sin

hitching post. (The townspeople understand very little about horses: they tie them to posts and then don't give the poor animals a second thought as if, on the pampas, you shouldn't always carry your horse close to your heart, even at a distance or indoors.) As for this creature, it has neither horse nor dog—of course not: animals sense the smell of the devil no matter how deep the devil hides himself.

At the first light of dawn, does this person scrape off his manhood to cast off the devil? And put it back on at nightfall for fear of having the devil bottled up in a jar?

Or does this endemoned creature really belong to the female sex? Does the devil get in when she's a woman, having sprouted breasts and bearing milk? Or is the Evil One always there, running up and down from breasts to balls for the sheer pleasure of traveling? Traveling on a schedule just like the bus that grinds down the dusty highway every Tuesday afternoon. But the Evil One is never delayed: with the evening star he becomes a man and wanders around all night like the town crier. Sometimes, people have seen him hunker down in the tall grass and sleep till the dew falls; then, as dawn approaches, return to his wagon and—in the blink of an eye—emerge changed into a woman.

As night falls, these matters are discussed at the bar while the stranger leans on the counter a prudent distance away. Under that friendly roof, with the heat of gin upon them, the townspeople feel a certain brotherhood, free to talk about that person who, beneath the open sky, does things that make them tremble at the sacrilege. The barkeep doesn't take part in all the conjecturing, the jokes and perturbation. He knows that one double client equals two clients. Two customers come out of that strange wagon, and that's the only important thing. The devil does not enter into his calculations.

As for the wagon, that's a story in itself. Early one morning, the farmers saw it sitting on the communal lands. They could not

poder explicarse cómo había llegado pero sin importarles. No que fuera cosa usual un carromato a una legua del pueblo, pero era tan humildito color tostado vivo como la tierra misma, en el campo de cardos bajo el azur del cielo. Tenía un aire heráldico que conmovió la gota ancestral de sangre en nuestros campesinos. Nadie opuso reparos. Sólo que al poco tiempo se descubrió lo otro y se empezó a hablar de engualichamientos y el miedo se largó a correr por las calles del pueblo y fue bueno sentirlo pasar removiendo la calma. La desconfianza también corrió a la par del miedo pero la desconfianza era vieja conocida y no perturbó a naides.

Se va la segunda

Ni lúcidos payadores pueden con esta historia de puro sencillita que es, sin pretensiones.

Ella es María José y él José María, dos personas en una cada uno si se tienen en cuenta apelativos pero nada que ver con la idea de los otros que hacen la amalgama de los dos en un ser único. Algo profundamente religioso. Inconfesable.

Son dos, lo repito: José María y María José; nacidos del mismo vientre y en la misma mañana, tal vez algo mezclados.

Y los años también transcurrieron para ellos. Hasta llegar a este punto donde empieza a pesarles —por sobre las ansias de hacer su voluntad— el más amplio surtido de imposibilidades. No pueden ni seguir avanzando: están atascados en el barro y casi sin combustible. No pueden siquiera separarse del todo porque el temor del uno sin el otro se hace insoportable. Ni pueden dormir juntos por temor a enredarse malamente pues como todos saben el tabú de la especie suele contrariar los intereses de la especie.

Él sale por la noche y hace suyo lo oscuro. Ella sale de día mientras dura el día y ninguno de los dos corta el hilo ni se

explain how it got there, though they frankly didn't think much about it. Not that one often saw a wagon parked a league outside of town, but it was so humble—a golden, toast color like the earth itself—in those thistle-covered fields beneath an azure sky. It possessed a certain heraldic air that stirred some ancestral strain in the farmer's blood. Nobody objected to it. Not long afterward, however, the peculiarity of the wagon's inhabitant was discovered, and at that point the talk about witchcraft and fear started to spread through the streets of the town, and it was good to feel it breaking the tranquility. Distrust ran right alongside fear, but distrust was an old friend and really didn't disturb anyone.

And now, the second verse

Not even the best yarnspinner could hold it against this story, simple as it is, and unpretentious.

She is María José and he is José María, two persons in one, each of them, if you think in terms of names, but absolutely unrelated to the idea the others have come up with that amalgamates the two of them in one being. Something profoundly religious. Inconfessable.

They are two, I repeat: José María and María José, born of the same womb on the same morning, perhaps a bit mixed up. And the years went by for them, too, till they reached this point where a vast assortment of impossibilities began to weigh on them, over and above the desire to do as they wish. They can't just go on: they're stuck in the mud and out of gas. They can't even split up because the fear of one without the other becomes unbearable. At the same time, they can't sleep together for fear of that evil entanglement everybody knows about, the taboo of the species being contrary to the interest of the species.

He goes out at night, makes the darkness his own. She goes out in the daylight, as long as it lasts, and neither of the two cuts the cord, stays away any longer than necessary from the wagon,

aleja por demás del carromato, ese vientre materno. (Y pensar que estuvieron tan cerca, apretaditos, cuando empezó la vida para ellos y ahora sin tocarse, sin siquiera mirarse a los ojos por temor visceral a tentaciones.)

(*¿En tiempos prenatales era tuyo este brazo que rodeaba mi cuerpo, de quién este placer tan envolvente, esta placenta?*)

Ahora, sin darse cuenta, él se va robando el aspecto felino que es propio de ella y ella en cambio pone más firmeza en sus gestos y quizá ¿quién podría negarlo? mira con deseo a las mujeres del pueblo, únicos seres humanos que cruza en su camino diurno mientras los hombres se la pasan devorando el campo contractores o atendiendo el ganado (tareas propias de este continente embrutecido con los pies y las manos y hasta el alma en la tierra). Y él, por las noches, quizá desespera por estirar su mano tan suave y tocar alguna de las manos callosas que saben del facón y de la carne viva.

Y cada vez las manos más distantes y cada vez el pueblo más cerrado en contra de ellos, sin dejarles hablar, sin que se expliquen.

Se me hace que en todos los casos de la vida conviene señalar a algún culpable. Nuestro chivo expiatorio será entonces aquel lejano cura que les puso los nombres. Es cierto que la sotana lo separaba de las cosas del sexo, pero resulta imperdonable, debió de haberse fijado bien: María María la una, José José el otro y a eliminar la duda; no todas las indagaciones son morbosas, a veces son científicas.

Estribillo

—Este hombre es mujer y se disfraza, algo trae bajo el poncho aun sin poncho.

—Esta mujer es hombre, se nos va a venir encima si le damos confianza.

that womb on wheels. (And to think that they were so close, packed tight together, when they began this life, and now they can't touch each other or even look at each other for that visceral fear of temptation.)

(*In those times before we were born, was yours the arm that clasped my body? From whom came that all-embracing pleasure, that placenta?*)

Now, without realizing it, he has begun to acquire the feline grace that is hers, and she has started to become firmer in her gestures and perhaps—who would deny it?—looks with longing at the women of the town, the only people who cross her diurnal path while the men are in the fields, eating up the earth with their tractors, or taking care of the cattle (work appropriate to this rough continent, with its feet and hands and even its soul in the earth). And he, by night, perhaps nearly despairs in his desire to reach his own soft hand out and touch one of those calloused hands that know of the knife and the raw flesh.

And every minute those hands pull farther away, and the town is more united against them, not letting them speak, not letting them explain.

It seems to me that in all of life's little dramas, it is useful to place the blame on somebody. Our scapegoat will be that long-lost priest who named the two babies. The soutane, of course, distanced him from much sexual knowledge, but it really is unpardonable. He should have taken a better look: the one, María María, and the other, José José, and that would have ruled out doubts. Not all such inquiries are salacious; sometimes they are scientific.

Chorus

"That man is a woman in drag. She is hiding something even without trying."

"That woman's a man, and he'll throw himself all over us if we give him half a chance."

Nunca una definición para ellos, pobrecitos, y menos una sonrisa. Desde el polvo tenaz que cruje entre los dientes hasta el otro crujido de la desconfianza humana. Eso ya es demasiado. Y al cabo de seis días, un viernes por la noche para ser más exactos, José María no logra reunir las fuerzas necesarias para mover su cuerpo y llegarse a campo traviesa hasta una copa amiga. A María José le deja casi toda la cama en un principio. Al ratito no más las cosas empiezan a mezclarse: allí está al alcance de la mano y de las otras partes anatómicas el calor tan buscado. Allí esta el cariño, la esperanza, el retorno a las fuentes y tanto más también que conviene callar por si hay menores. Y los hubo: al cabo del tiempo establecido nació la criatura muy bella y muy sin sexo, lisita, que a lo largo de los años se fue desarrollando en sentido contrario de sí misma, con picos y con grietas, con un bulto interesante y una cavidad oscura de profundidad probada.

Más allá del carromato nunca se logró saber cuál de los dos seres idénticos había sido la madre.

¿Lo habrán sabido ellos?

No clear definition for them, poor things, and never a smile. It is all too much. After six days, on a Friday night to be precise, José María can not gather the strength to move his body across the fields toward a comforting drink. He leaves María José almost the whole bed at first. But within a short time, things begin to get tangled: there it is, within the reach of a hand and of other anatomical parts, that long longed warmth. There; the caring and the hope, the return to the source, and so much more that it is best not to mention in case there are minors around. And there are: after the prescribed time a child was born, very beautiful and utterly sexless, absolutely smooth, though over the years it developed quite differently, with peaks and valleys, with an intriguing bulk and a dark cavity of notable depth.

Outside the wagon, no one ever knew which of the two had been the mother.

Did they know themselves?

tr. Christopher Leland

PANTERA OCULAR

Van avanzando por el pasillo a oscuras. De golpe ella se da vuelta y él pega un grito. ¿Qué? pregunta ella. Y él contesta: Sus ojos, sus ojos tienen fosforescencia como los ojos de las fieras.

Vamos, no puede ser, dice ella, fíjese bien. Y nada, claro. Ella vuelta hacia él y pura oscuridad tranquilizante. Entonces él extiende la mano hasta dar con el interruptor y enciende la luz. Ella tiene los ojos cerrados. Los cerró al recibir el golpe de luz, piensa él pero no logra calmarse.

Total, que el diálogo entre los dos se vuelve otro a partir de esa visión de la fosforescencia en los ojos de ella. Ojos verdes con luz propia y ahora tan marrones, pardos, como dicen los documentos de identidad; marrones o pardos, es decir convencionales allí bajo la luz trivial de la oficina. El querría proponerle un trabajo, una fosforescencia verde se interpone entre ellos (fuego fatuo). Afuera esa cosa tan poco edificante y tan edificada que es la calle Corrientes. Adentro en la oficina, ruidos de selva provocados por un par de ojos con brillo. Bueno, bueno, si empezamos así nunca sabremos dónde habrá de culminar nuestra narración objetiva de los acontecimientos. La ventana está abierta. Queremos señalar el hecho de la ventana abierta para explicar de alguna manera los ruidos de la selva, aunque si bien el ruido se explica por el ruido, la luz ocular en

210

CAT'S EYE

I.

They are walking down the hallway in the dark. She turns around suddenly and he cries out. "What is it?" she asks. And he says: "Your eyes. Your eyes are shining like a wild animal's."

"Oh, come on," she says, "look again." And nothing of course. She turns to him and there's nothing but pure, calming darkness. He puts his hand on the switch and turns on light. She has her eyes closed. She closed them against light, he thinks, but that really doesn't put his mind at rest.

The dialogue between the two of them changes after that vision of phosphorescence in her eyes. Green eyes casting their own light, now so brown, hazel as her ID says; brown or hazel, that is, conventional there in the everyday light of the office. He had planned to offer a job to her, and a green phosphorescence had imposed itself between the two of them (ignis fatuus). Outside is the Calle Corrientes, so edified and unedifying. Inside the office, jungle noises conjured up by a pair of shining eyes. Okay, okay, starting like this, we'll never know how our objective narrative of events comes out. The window is open. We want to note the fact that the window is open to somehow explain the jungle noises, although if noise can be explained by noise, the light in her eyes in the hallway has no rational

el pasillo no tiene explicación racional por culpa de una puerta cerrada entre la ventana abierta y la oscuridad reinante.

Ella se volvió hacia él en el pasillo, eso ni se discute. Y después ¿esos ojos de la luz con qué fin lo miraron, qué acechaban en el o qué exigían? Si él no hubiese gritado... En el piso 14, en la oficina, él se hace preguntas mientras habla con ella —habla con un par de ojos— y no sabe muy bien qué estará diciendo en ese instante, qué se espera de él y dónde está —estaba— la trampa por la que se ha deslizado lentamente. Unos ojos de fiera. Se pregunta mientras habla con ella con la ventana abierta a sus espaldas. Si hubiera podido reprimir el grito o indagar algo más...

II Parte

A las tres de la madrugada la despierta un ruido sospechoso y usted se queda muy quieta en la cama y oye —siente— que alguien se está moviendo en su habitación. Un tipo. El tipo, que ha violado la puerta, seguramente ahora querrá violarla a usted. Oye sus pasos afelpados sobre la alfombra y siente una ligera vibración del aire. El tipo se está acercando. Usted no atina a moverse. De golpe algo en usted puede más que el terror —¿o es el terror mismo?— y usted se da vuelta en la oscuridad para enfrentar al tipo. Al ver lo que se supone es el brillo de sus ojos, el tipo pega un alarido y salta por la ventana que, por ser ésta una noche calurosa, está abierta de par en par.

Entre otras, caben ahora dos preguntas:

a) ¿Es usted la misma mujer de la historia anterior?
b) ¿Cómo explicará a la policía la presencia del tipo en su casa cuando empiecen las indagaciones?

explanation on account of the closed door between the open window and the reigning darkness.

That she turned toward him in the hall—that's undeniable. And afterward, those glowing eyes—to what end were they looking at him? With what threat or demand? If he hadn't cried out...? On the fourteenth floor, in the office, he asks himself these questions while he talks to her—talks to a pair of eyes— and he doesn't know very well what he'll be saying in the next instant, what's expected of him and where is—was—the trap into which he has slowly slid. Tiger's eyes. He asks himself as he talks with her with the open window behind them: If he had been able to stifle the cry or intuit something more...

II.

At three in the morning a suspicious noise awakens you and you remain very quiet in bed and hear—sense—that someone is moving there in your room. Some man. A man who has forced the door; who surely now wants to force himself on you. You hear his velvet footsteps over the carpet and feel a light vibration in the air. The man is getting closer. You don't dare move. Suddenly, within you, there is something beyond terror— or is it terror itself?—and you turn in the darkness and confront him. On seeing what you suppose is the glow of your eyes, the guy lets out a shriek and jumps through the window, which, since it's a hot night, is wide open.

Among other things, two questions now arise:

a) Are you the same woman as the one in the previous story?
b) How will you explain the presence of the man in your house when the police begin their investigation?

Respuesta a a)

Sí, usted es la misma mujer de la historia anterior. Por eso mismo, y teniendo en cuenta los antecedentes, espera usted que se hagan las 9 a.m. para ir corriendo a consultar a un oculista. El oculista, que es un profesional consciente, le hace a usted todo tipo de exámenes y no le encuentra nada anormal en la vista. No se trata de la vista, atina a aclarar usted sin darle demasiadas explicaciones. El oculista le hace entonces un fondo de ojo y descubre una pantera negra en el fondo de sus ojos. No sabe cómo explicarle el fenómeno, tan sólo puntualiza el hecho y deja el análisis a sus colegas más imaginativos o sagaces. Usted vuelve a su casa anonadada y para calmarse se empieza a arrancar con una pinza algunos pelitos del bigote. Adentro de usted la pantera ruge pero usted no la oye.

La respuesta a b) se ignora.

Ojos verdes de pantera negra, fosforescentes en la oscuridad, no se reflejan en los espejos como hubiera sido dable imaginar desde un principio de haber habido un principio. El hombre de la primera parte de esta historia es ahora su jefe y por supuesto no se anima siquiera a darle órdenes por temor a que ella apague de golpe la luz y lo deje otra vez ante esos ojos. Por suerte para él la pantera no asoma por otros conductos de ella y los días transcurren en esa cierta placidez que da la costumbre al miedo. El hombre toma sus precauciones: cada mañana al salir para la oficina se asegura de que Segba no ha planeado ningún corte de luz en la zona, tiene una poderosa linterna al alcance de la mano en el cajón superior del escritorio, deja la ventana siempre abierta para que entre hasta la última claridad del día y no se permite con ella ni el más mínimo sentimiento oscuro como se permitía con sus anteriores secretarias. Y eso que le gustaría. Le gustaría llevarla una noche

Answer to a

Yes, you are the same woman as in the previous story. For this reason, and bearing in mind the foregoing events, you wait until 9:00 A.M. and hurry to consult an ophthalmologist. The doctor, a conscientious professional, puts you through all manner of examinations and finds nothing abnormal about your vision. It's not really your vision that's the problem, you suggest without going into detail. The doctor then scans your retinas, and discovers a black panther in the depths of your eyes. He doesn't know how to explain this phenomenon to you. He can only inform you of the fact and leave the explanation to wiser or more imaginative colleagues. You return to your house stunned, and to calm down you begin to tweeze some hairs from your upper lip. Inside you, the panther roars, but you don't hear her.

The answer to b) is unknown

Green eyes of a black panther, phosphorescent in the darkness, unreflected in mirrors as might have been expected from the very beginning, had there been a beginning. The man from the first story is now her boss and, of course, has no desire to give her orders for fear that she'll suddenly turn out the lights and make him face those eyes again. Luckily for him, the panther doesn't lurk elsewhere in her, and the days go by with that peculiar placidity associated with the habit of fear. The man takes certain precautions every morning. Before leaving for the office, he makes sure the electric company has no plans to cut the power in the neighborhood. He keeps a flashlight within easy reach in the top drawer of his desk, leaves the window wide open so even the last shimmer of day can enter, and does not permit himself even a hint of darker sentiments toward her as he has permitted himself toward previous secretaries. Not that he wouldn't like that. He would like to take her dancing

a bailar y después a la cama. El terror de enfrentarse una vez más con esos ojos ni siquiera le deja gozar de este tipo de proyectos. Lo único que se permite es preguntarse si realmente los habrá visto o si serán fruto de su imaginación (una ilusión óptica de la óptica ajena). Opta por la primera alternativa porque no cree que su imaginación dé para tanto. La trata a ella con música como para amansarla, ella no parece al acecho mientras le toma las cartas al dictado.

Buenos Aires no puede permitirse —permitirle— el lujo de una alucinación consciente. Nosotros que lo venimos tratando desde hace un rato podemos asegurar que su miedo nada tiene de imaginativo. Nosotros no lo queremos mucho pero vamos a ver si con el tiempo le damos oportunidad de redimirse. Ella tampoco es gran cosa, qué quiere que le diga, la salva la pantera negra, pero una pantera así, que non parla ma se fica, pocas oportunidades puede tener dentro de una persona tan dada a la apatía. Ella empieza a sentir oscurofobia o como eso se llame y sólo frecuenta locales muy iluminados para que nadie se entere de su inútil secreto. La pantera duerme con los ojos abiertos mientras ella está despierta, quizá se despierte durante el sueño de ella pero eso no logra averiguarlo. La pantera no requiere ningún tipo de alimento, ninguna manifestación de cariño. La pantera ahora se llama Pepita pero eso es todo. El jefe empieza a mirarla con buenos ojos, pero eso sí, nunca a los ojos. El jefe y ella acaban por juntarse a la luz del día sobre la alfombra de la oficina. La relación dura un buen tiempo.

El desenlace es optativo:

—Una vez por año a Pepita la despierta el celo. El jefe hace lo que puede pero ella queda tuerta.
—Ella acaba por empujarlo al jefe por la ventana por eso de que los ojos son las ventanas del alma y viceversa.

some night and then to bed. But the terror of facing those eyes again doesn't even allow him to entertain the notion. All he permits himself is to wonder whether he really saw what he thinks he saw or if it was merely the product of his imagination (an optical illusion of someone else's eye). He decides on the first alternative, because he can't believe his imagination is that fecund. To keep her docile, he speaks to her in musical tones, though she doesn't appear to be stalking him as she takes dictation.

Buenos Aires cannot permit itself—cannot permit him—the luxury of a conscious hallucination. We who have known him for some time can be sure that his fear has nothing to do with the imaginative. We are not that fond of him, but we'll see if, with time, we'll give him the opportunity to redeem himself. Nor is she any big deal either. It's the panther that saves her, but a panther like this one, *che non parla ma se fica*, doesn't have much of a chance inside someone so given to apathy. She begins to suffer from darkaphobia or whatever they call it, and she only frequents well-lighted places so no one will find out her useless secret. The panther sleeps with open eyes while she's awake; perhaps it is awake while she's asleep, but she's never able to ascertain that. The panther needs no food, nor any kind of affection. The panther is now called Pepita, but that's about all. The boss begins to look upon her favorably, but never looks her in the eyes. She and the boss wind up together in broad daylight on the office carpet. Their relationship lasts quite a while.

The denouement is optional:

—Once a year, Pepita goes into heat. The boss does what he can, but the woman remains cockeyed.
—She ends up pushing the boss out the window because the eyes are the window of the soul and vice versa.

217

—Pepita se traslada de los ojos al hígado y ella muere de cirrosis.

—El jefe y ella deciden casarse y las cuentas de luz que le llegan son fabulosas porque nunca se animan a quedarse a oscuras.

—Pepita empieza a hacerle jugarretas y ella se ve obligada a dejar a su amado para irse con un domador de fieras que la maltrata.

—Idem pero con un oftalmólogo que promete operarla.

—Idem pero con un veterinario porque Pepita está enferma y ella teme perder la vista si muere la pantera.

—Todos los días se lava los ojos con baño ocular Flor de Loto y está tranquila porque Pepita se ha convertido al budismo y practica la no violencia.

—Ella lee que en los EE.UU. han descubierto un nuevo sistema para combatir a las panteras negras y viaja llena de ilusión para encontrarse, una vez allí, con que se trata de otra cosa.

—Lo abandona al jefe por su malsana costumbre de acoplarse a plena luz y se conchaba como acomodadora en un cine sofisticado donde todos la aprecian porque no requiere el uso de linterna.

—Pepita moves from the eyes to the liver and the woman dies of cirrhosis.

—She and the boss decide to get married and their light bills are incredible because they don't ever want to be in the dark.

—Pepita begins to misbehave, and the woman finds herself forced to leave her beloved and go to live with an animal trainer who mistreats her.

—Ditto, but with an ophthalmologist who promises her an operation.

—Ditto, but with a veterinarian because Pepita is sick and the woman is afraid of going blind if the panther dies.

—Every day the woman washes her eyes with Lotus Flower Eye Bath and is very serene because Pepita has converted to Buddhism and practices nonviolence. /

—She reads that in the United States they have discovered a new method of combatting black panthers, and she travels, full of hope, only to find, once there, that the reference was to something completely different.

—She leaves the boss due to his insalubrious habit of screwing in bright light and she plugs herself into a job as an usherette in a ritzy movie theater where everyone appreciates the fact that she has no need for a flashlight.

tr. Christopher Leland

DONDE VIVEN LAS AGUILAS

Les va a costar creerme porque ¿quién, hoy día, ha tenido experiencia con la vida de campo? Y acá arriba: la vida de montaña, donde viven las águilas. Pero ya se irán acostumbrando. Sí señor. Se lo digo yo que era tan citadina y ahora me pueden ver del color de la greda acarreando baldes de agua desde la fuente pública Agua para mí y agua para los otros; lo hago para subsistir muy pobremente ya que cierta vez cometi la torpeza de subir por el camino que bordea el precipicio. Subi, y al ver en el fondo el valle convertido en un punto verde decidi quedarme para siempre. No fue miedo, fue prudencia como dice la gente: precipicios demasiado hoscos, nunca imaginados, imposibles de enfrentar en un descenso. Fui canjeando por comida lo poco que tenía, los zapatos, el reloj pulsera, el llavero con llaves y todo (ya no las necesitaría), el bolígrafo al que le quedaba escasa tinta.

Lo único de valor que me queda es mi cámara polaroid, porque nadie la quiso. Acá arriba no creen en eso de retener imágenes, más bien se esfuerzan por crear cada día imágenes diferentes, inventadas por ellos y especiales para cada momento. A menudo se reúnen para contarse las inverosímiles imágenes que han ido vislumbrando. Se sientan en ronda sobre el piso de tierra en la oscuridad del rancho comunitario, el jacal, y se concentran para materializar las visiones. Cierta vez corporizaron de la nada un tapiz de color inexistente y dibujo inefable, pero decidieron que el tapiz era apenas un palidísimo reflejo de su imagen mental y rompieron el circulo para restituirlo a la nada de la que había surgido.

UP AMONG THE EAGLES

You'll find what I tell you hard to believe, for who knows anything, nowadays, about life in the country? And life here on the mountains, up among the eagles. You get used to it. Oh yes, I can tell you. I who never knew anything but the city, just look at me now, the color of clay, carrying my pails of water from the public fountain. Water for myself and water for others. I've been doing it to eke out a living ever since the day I made the foolish mistake of climbing the path that borders the cliff. I climbed up and, looking down at the green dot of the valley down below, I decided to stay here forever. It wasn't that I was afraid, I was just being prudent, as they say: threatening cliffs, beyond imagination—impossible even to consider returning. Everything I owned I traded for food: my shoes, my wristwatch, my key holder with all the keys (I wouldn't be needing them anymore), a ballpoint pen that was almost out of ink.

The only thing I've kept of any value is my Polaroid camera, no one wanted it. Up here they don't believe in preserving images, just the opposite: every day they strive to create new images only for the moment. Often they get together to tell each other about the improbable images they've been envisioning. They sit in a circle in the dark on the dirt floor of their communal hut and concentrate on making the vision appear. One day, out of nothing, they materialized a tapestry of nonexistent colors and ineffable design, but they decided that it was just a pale reflection of their mental image, and so they broke the circle to return the tapestry to the nothingness from which it had come.

Son seres extraños: hablan casi siempre un idioma del que ellos mismos han olvidado ya el significado, se comprenden interpretando las pausas, las entonaciones, la expresión de los rostros o los suspiros. Yo intenté aprender este lenguaje de silencios pero parece que mi acentuación no es la requerida para tamañas sutilezas. De todos modos se emplea el castellano para los hechos triviales, las cotidianas exigencias que nada tienen que ver con las imágenes. Algunas palabras sin embargo están ausentes de su vocabulario. Por ejemplo les falta la palabra ayer, la palabra mañana, y antes y después, o un día de éstos. Todo, aquí, es ahora y siempre. Una burda imitación de eternidad, como el tapiz que ya he mencionado. ¿He mencionado? Y sí; soy la única que conserva este tiempo de verbo y quizá, también, la única que tiene alguna noción de las conjugaciones. Resabios que me quedan del mundo de allá abajo, conocimientos que no puedo canjear con nadie porque nadie los quiere.

—Puedo darte una noción de tiempo a cambio de frijoles, anduve diciéndoles a las mujeres del mercado y ellas sacudieron la cabeza en señal de rechazo (¿Una noción de tiempo? me miraron descreídas, ¿un estarse moviendo en un plano distinto? Eso nada tiene que ver con el conocimiento que buscamos.)

¿Quién se atreve a venir a hablarles de trascurso a los habitantes de este arriba donde todo perdura? Hasta los cuerpos perduran. La muerte ni los corrompe ni los anula, simplemente los detiene en el camino. Y los otros, con enorme delicadeza —una delicadeza que sólo les conozco con las cabras paridas o con determinados hongos— trasladan el cuerpo más allá del torrente y lo ubican en el lugar simétrico al que le correspondía en vida. Con infinita paciencia han logrado crear, en la otra ladera, la otra población que anula el tiempo, reflejo quieto de ellos mismos que les da seguridad porque está momificada, es inmodificable.

El único cambio que ellos se permiten es el de las imágenes. Crecen, eso sí, y después llegan a una edad adulta

They are strange creatures; normally they speak a language whose meaning they themselves have forgotten. They communicate by interpreting pauses, intonations, facial expressions, and sighs. I tried to learn this language of silences, but it seems I don't have the right accent. At any rate, they speak our language when they refer to trivial matters, the daily needs that have nothing to do with their images. Even so, some words are missing from their vocabulary. For example, they have no word for yesterday or for tomorrow, before or after, or for one of these days. Here everything is now, and always. An unsatisfactory imitation of eternity like the tapestry I have already mentioned. Have mentioned? Oh yes, I'm the only one to use that verb tense; I may also be the only one who has any notion of conjugation. A vice left over from the world down there, knowledge I can't barter because no one wants it.

Will you trade me some beans for a notion of time, I went around asking the women in the marketplace, but they shook their heads emphatically. (A notion of time? They looked at me with mistrust. A way of moving on a different plane? That has nothing to do with the knowledge they are after.)

Who dares speak of the passage of time to the inhabitants of this high place where everything endures? Even their bodies endure. Death neither decays nor obliterates them, it merely stops them in their path. Then the others, with exquisite delicacy—a delicacy I've only seen them employ in connection with newly dropped kids or with certain mushrooms—carry the corpse beyond the rushing stream and with precise symmetry arrange it in the exact place it occupied in life. With infinite patience they have succeeded in creating, on the other side, a second town that obliterates time, an unmoving reflection of themselves that gives them a feeling of security because it is mummified, unmodifiable.

They only allow themselves changes in respect to the images. They grow, yes, they grow up and reach adulthood with

con algo de vejez implícita y ahí se estancan hasta la muerte. Yo, en cambio, compruebo con horror cómo me van apareciendo canas y se me forman arrugas en la cara. Prematuras, sin duda, pero ¿quién puede conservarse joven en esta sequedad, bajo estos cielos? ¿Y qué será de mí cuando descubran que a mí el tiempo me pasa y me va dejando grabadas sus señales?

Ellos están en otras inquietudes, tratando de retener las visiones que según parece son de palacios enjoyados y de otros esplendores nunca vistos. Ellos merodean por esas latitudes del asombro y yo puedo apenas sacarme —muy de vez en cuando y con mucho sigilo— una foto. Yo repto a ras de tierra a pesar de ser ésta tierra tan elevada, tan adicta a las nubes. Después dicen que la altura nos trastorna el seso a quienes como yo llegamos del nivel del mar. Y yo creo, me temo, que los trastornados son ellos: algo ancestral, inexplicable, sobre todo cuando están en cuclillas —casi siempre— contemplándose por dentro. Yo en cambio miro y miro por fuera, miro por los caminos y voy como al descuido alimentando mi miedo, algo callado y propio. Ellos me ven pasar con el palo sobre los hombros y los dos baldes que cuelgan del palo, acarreando agua, y me gustaría saber que nada sospechan de mi miedo. Es un miedo doble faz, bifronte, para nada hermano de aquel que me impidió bajar una vez que hube escalado la montaña. Este no es miedo simple, éste refleja otros miedos y se vuelve voraz.

Por un lado estoy yo, aquí y ahora. Un ahora que se dilata y cambia y se estira con el tiempo y con suerte va modificándose. No quiero que se enteren de esta modificación, como ya dije, pero menos aún quiero ser como ellos y no sufrir el tiempo. ¿Qué sería de mí si acabara por quedarme para siempre con este rostro como sorprendido entre dos edades? Pienso en las momias de la ciudad espejada y pienso que en definitiva sólo las momias no se modifican con el tiempo. El tiempo no transcurre para los muertos, me dije un día, y otro día (porque yo si me cuido bien de registrar cuestiones calendarias)

224

only a suspicion of old age, remaining more or less the same until they die. In contrast, I discover with horror that I have a sprinkling of gray hairs, and wrinkles are lining my face; premature, of course, but who could keep her youth in this dry air, beneath such intense skies? What will become of me when they discover that time passes in my life, and is leaving its marks?

They are absorbed in other concerns, in trying to retain visions of what appear to be jeweled palaces and splendors unknown on this earth. They roam around latitudes of awe while all I can do—and very infrequently and with extreme stealth at that—is take a photo of myself. I am down to earth despite living in this elevated land floating among clouds. And they say the altitude deranges those of us who come from sea level. But it is my belief, my fear, that they are the ones who are deranged; it's something ancestral, inexplicable, especially when they are squatting on their haunches, as they almost always are, looking inward in contemplation. I'm always looking outward, I search every road, almost nonchalantly nourishing my fear. They watch me go by carrying water, the pole across my shoulders and the two pails dangling from it, and I would like to think they do not suspect my fear. This fear has two faces, not at all like the one that kept me from returning after I had climbed the mountain. No, this is not a simple fear; it reflects others, and becomes voracious.

On the other hand, I am here, now. That now grows and changes and expands with time and, if I am lucky, will continue to evolve. I do not want them to be aware of this evolving, as I have already said, and even less do I want to be like them, exempt from time. For what would become of me if I kept this face forever, as if surprised between two ages? I think about the mummies in the mirror city, oh yes, absolutely, only mummies are unchanged by time. Time does not pass for the dead, I told myself one day, and on a different day (because I, if not they,

agregué: tampoco pasa para quienes no tienen noción de muerte. La muerte es un hito.

Aquí los habitantes, con su lengua hecha de silencios, podrían enseñarme los secretos del estatismo que tanto se parece a la inmortalidad, pero me resisto a conocerlos. La vida es un ir avanzando hacia la muerte, el estar estancado es ya la muerte.

—Quédese acá, marchantita, quietecita con nosotras, es una de las pocas cosas que acceden a decirme en mi propia lengua y yo sacudo y sacudo la cabeza (una manera más de asegurarme el movimiento) y en cuanto estoy un poco lejos de su vista me largo a correr como loca por estos caminos tan estrafalarios. Corro más hacia arriba que hacia abajo pero igual no quiero alejarme demasiado, no quiero llegar por error a la ciudad quieta y toparme cara a cara con las momias.

La ciudad secreta. No conozco su exacta ubicación pero sé todo lo referente a ella, o quizá lo sospecho. Sé que debe de ser igual a este humilde caserío en el que vivimos, una replica fiel, con igual numero de cuerpos ya que cuando muere uno nuevo la momia más vieja es arrojada al vacío. Hay mucho ruido en la ciudad secreta, el ruido debe preanunciarla y es absolutamente necesario: todo tipo de latas cuelgan de las vigas de las chozas para espantar a los buitres. Es lo único que se mueve en la ciudad secreta, esas latas de espantar zopilotes, lo único que se mueve y suena, y en ciertas noches muy límpidas el viento trae el sonido hasta donde moramos los vivos y ellos entonces se reúnen en la plaza y bailan.

Bailan muy pero muy lentamente casi sin desplazarse, más bien como si ondularan sumergidos en el agua densa del sonido. Ocurre rara vez, y cuando ocurre siento casi incontrolables impulsos de unirme al baile —la necesidad de baile se me mete en los huesos y se mueve— pero me resisto con toda mi capacidad de resistencia. Me temo que nada sería más paralizante que ceder a la música que viene de la muerte. Por no paralizarme, yo no bailo. Yo no bailo ni comparto las visiones.

am careful to relate question to calendar) I added: nor does it pass for those who have no concept of death. Death is a milestone.

The inhabitants here, with their language of silence, could teach me the secrets of the immobility that so closely resembles immortality, but I am not eager to learn them. Life is a movement toward death; to remain static is to be already dead.

Sit here, little lady, nice and quiet here with us is one of the few things they consent to say to me in my own language, and I shake my head energetically (one more way of insuring movement), and as soon as I am out of their sight, I begin to run like crazy along the neglected paths. More often than not I run up, not down, but either way, I don't want to get too far from the town, I don't want to stumble into the still city and find myself face-to-face with the mummies.

The secret city. I don't know its exact location but I know everything about it—or maybe I only suspect. I know it has to be identical to this humble little clump of huts where we live, a faithful replica with the exact same number of bodies, for when one of them dies the oldest mummy is thrown into the void. It 's noisy in the secret city. The noise announces its proximity, but it also serves a more basic purpose: scraps of tin, of every size and shape, hang from the rafters of the huts to scare away the buzzards. They are all that moves in the secret city, those scraps of tin to scare away the vultures, the only thing that moves or makes a sound. On certain limpid nights the wind carries the sound to where the living dwell, and on those nights they gather in the plaza, and dance.

They dance, but oh so slowly, almost without moving their feet, more as if they were undulating, submerged in the dense waters of sound. This happens only rarely, and when it does I feel an almost uncontrollable urge to join in the dance—the need to dance soaks into my bones, sways me—but I resist with all my strength. I am afraid that nothing could be more paralyzing than to yield to this music that comes from death. So that I won't be paralyzed I don't dance. I don't dance and I don't share the visions.

Desde que estoy aquí no he asistido a ningún nacimiento. Sé que se acoplan pero no reproducen. No hacen nada para evitarlo, simplemente la quietud del aire se los impide, el estatismo. Por mi parte, en estas alturas, yo ni me acerco a los hombres. Hay que reconocer que los hombres no se acercan a mí, tampoco, y por algo será, ellos que suelen acercarse tanto a tantos seres. Algo en mi expresión los debe de ahuyentar y ni puedo saber de qué se trata. Por aquí no existen los espejos. No existen los reflejos. Las aguas o son glaucas o son torrentes rapidísimos y blancos. Y yo me desespero. Y cada tanto en la intimidad de mi cueva, con mucha parsimonia y cuidados extremos, me saco una nueva foto.

Lo hago cuando ya no puedo más, cuando necesito saber nuevamente de mí misma y no hay razón de miedo o de prudencia que pueda contenerme. Me va quedando, por un lado, poquísima película. Por otra parte sé muy bien que si llegan a encontrar mis retratos, si logran colocarlos en orden sucesivo, pueden pasar dos cosas: o me execran o me adoran. Y ninguna de las dos circunstancias me complace, ambas están demasiado cerca de la piedra.

No podría ser de otra manera. Si ponen los retratos en orden descubren. Si notan que a mi llegada mi rostro era más liso y mi pelo más vivo, mi porte más alerta. Si van descubriendo las señales del tiempo en mi persona sabrán que no he logrado en absoluto controlar el tiempo. Y así como me encuentro, envejeciendo, no querrán seguir aceptándome entre ellos y me echarán a pedradas del pueblo y tendré que enfrentar los aterradores precipicios.

En lo otro, no quiero ni pensar. En la posibilidad de que me adoren por haber logrado, tan concreta, eficazmente, materializar estas imágenes de mí. Pasaría entonces a ser la piedra para ellos, estatuaria, para siempre detenida y retenida.

Estas dos perspectivas lapidarias deberían bastar para contener mi impulso suicida de sacarme otra foto pero no. Cada tanto sucumbo, con la esperanza de que el destello del flash no los alerte. A veces elijo las noches de tormenta y quizá conjuro

I have not witnessed a birth since I have been here. I know they couple, but they don't reproduce. They do nothing to avoid it, simply the stillness of the air prevents it. As for me, at this point I don't even go near men. It must be admitted that men don't come near me either, and there must be a reason, considering how often and how closely they approach almost anything else. Something in my expression must drive them away, but I've no way of knowing what it is. There are no mirrors here. No reflections. Water is either glaucous or torrential white. I despair. And every so often in the privacy of my cave, sparingly and with extreme caution, I take a new photo of myself.

I do this when I can't stand things any longer, when I have an overwhelming need to know about myself, and then no fear, no caution, can hold me back. One problem is that I am running out of film. In addition, I know perfectly well that if they find my photographs, if they place them in chronological order, two things can happen: they will either abominate or adore me. And neither possibility is to be desired. There are no alternatives. If they put the photos in order and draw the conclusions. If they see that when I arrived, my face was smoother, my hair brighter, my bearing more alert. If they discover the marks of time they will know that I have not controlled time even for a moment. And so if they find I am growing older, they won't want me among them, and they will stone me out of town, and I will have to face the terrifying cliffs.

I don't even want to think about the other possibility. That they will adore me because I have so efficiently, and so concretely, materialized these images of myself. Then I would be like stone to them, like a statue forever captive and contained.

Either of these two lapidary prospects should provide sufficient reason to restrain my suicidal impulse to take yet another photograph, but it doesn't. Each time, I succumb, hoping against hope that they will not be alerted by the glare of the flash. Sometimes I choose stormy nights; perhaps I conjure up

el rayo con mi débil simulacro de rayo. Otras veces busco la protección de los resplandores del amanecer que en estas alturas suele ser incendiario.

Grandes preparativos para cada una de mis secretas fotos, preparativos cargados de esperanzas y de amenazas. Es decir de vida. El resultado posterior no siempre me alegra pero la emoción de enfrentarme a mí misma —por más horrible o demacrada que aparezca— es inconmensurable. Esta soy yo, cambiante, en un mundo estático que remeda la muerte. Y me siento segura. Puedo entonces detenerme a comentar simplezas con las mujeres del mercado y hasta entiendo sus silencios y logro responder a ellos. Puedo vivir sin amor un tiempo más, sin que nadie me toque.

Hasta el día de otra recaída y de una nueva foto. Y es ésta la última. En día de ruido a muerte cuando la mínima actividad del pueblo se ha detenido y todos se congregan para bailar en la plaza del mercado. Ese baile lentísimo como quien reza con los pies y reza suavecito. Nunca lo van a admitir pero sospecho que cuentan para adentro, que su danza es un intrincadísimo tejido de pasos como puntos, uno alzado, dos puntos al revés, uno al derecho. Todo al son tintineante de las lejanas latas: el viento en casa de los muertos. Día como cualquier otro, día muy especial para ellos a causa del sonido que llamarían música si les interesara hacer estas distinciones. Sólo bailar les interesa, o creer que bailan con el pensamiento que es lo mismo. Al compás de ese sonido que todo lo inunda y no me permite establecer de dónde viene y sólo sé que viene de la ciudad de los muertos. Un sonido que amenaza tragarme.

Ellos no me llaman ni me ven. Es como si no existiera. Quizá estén en lo cierto y yo no exista, quizá sea yo mi propio invento o una materialización algo aberrante de las imágenes que ellos han provocado. Ese sonido parece alegre y es lo más fúnebre que puede escuchar oído alguno. Yo parezco viva y quizá.

Me oculto en mi cueva tratando de no pensar en estas cosas y de no escuchar el tintineo que si bien no sé de dónde viene

the lightning with my pale simulacrum. At other times I seek the protective radiance of dawn, which at this altitude can be incendiary.

Elaborate preparations for each of my secret snapshots, preparations charged with hope and danger. That is, with life. The resulting picture does not always please me but the emotion of seeing myself—no matter how horrible or haggard I appear—is immeasurable. This is I, changing in a static world that imitates death. And I feel safe. Then I am able to stop and speak of simple things with the women in the market and even understand their silences, and answer them. I can live a little longer without love, without anyone's touch.

Until another relapse, a new photo. And this will be the last. On a day with the sound of death, when the minimal activities of the town have come to a halt and they have all congregated to dance in the marketplace. That deliberate dancing that is like praying with their feet, a quiet prayer. They will never admit it, but I suspect that they count to themselves, that their dance is an intricate web of steps like knitting, one up, two backward, one to the right. All to the tinkling of the far-off tin scraps: the wind in the house of the dead. A day like any other; a very special day for them because of the sound that they would call music, were they interested in making such distinctions. But all that interests them is the dance, or believing they are dancing, or thinking of the dance, which is the same thing. To the pulse of the sound that floods over us, whose origins I cannot locate though I know it comes from the city of the dead.

They do not call to me, they don't even see me. It's as if I didn't exist. Maybe they're right, maybe I don't exist, maybe I am my own invention, or a peculiar materialization of an image they have evoked. That sound is joyful, and yet the most mournful ever heard. I seem to be alive, and yet...

I hide in my cave trying not to think, trying not to hear the tinkling; I don't know where it comes from, but I fear where it

tengo miedo de saber hacia dónde o hacia qué puede conducirme. Con la intención de aplacar todos estos temores empiezo a prepararme para la última foto. Desesperado intento de recuperarme, de volver a mí misma que soy lo único que tengo.

Con ansiedad espero el momento propicio mientras afuera la oscuridad va hilando sus hebras de negrura. De golpe, destellos inesperados me hacen apretar el obturador sin pensarlo y no hay tal foto, sólo emerge una placa parda en la que se va adivinando una velada pared de piedra. Y basta. Puedo tirar la cámara porque no me queda más película. Motivo de llanto, si no fuera que el resplandor perdura. Motivo de inquietud, entonces, porque al asomarme descubro que el resplandor viene del exacto punto que yo quería ignorar, emerge justo allí en el corazón del sonido, de aquella cumbre un poco a nuestros pies y el resplandor es entonces el de millones de latas a la luz de la luna. La ciudad de los muertos.

Sin pensarlo tomo mis estúpidas fotos anteriores y parto en un impulso que no alcanzo a entender y que quizá sea la respuesta a un llamado del resplandor sonoro. Me llaman desde allí abajo, a la izquierda, y yo respondo y al principio voy corriendo por el precario camino y cuando ya no hay camino igual avanzo, trastabillo, trepo y bajo y tropiezo y me lastimo, quiero imitar a las cabras en su tanteo por las rocas para no desbarrancarme, por momentos pierdo pie y me deslizo y patino, trato de frenar la caída con todo mi cuerpo, las espinas me desgarran la piel y a la vez me retienen. Con desesperación avanzo porque tengo que hacerlo.

Llegaré a la ciudad de las momias y les daré mis rostros, a las momias les plantaré mis expresiones sucesivas y por fin podré emprender en libertad el camino hasta el llano sin temerle a la piedra porque mi última foto me la llevaré conmigo y soy yo en esa foto y soy la piedra.

may lead me. With the hope of setting these fears to rest, I begin my preparations for the last photo: a desperate attempt to recover my being. To return to myself, which is all I have.

Anxiously, I wait for the perfect moment, while outside, darkness is weaving its blackest threads. Suddenly, an unexpected radiance causes me to trip the shutter before I am ready. No photograph emerges, only a dark rectangle that gradually reveals the blurred image of a stone wall. And that's all. I have no more film so I may as well throw away the camera. A cause for weeping were it not for the fact the radiance is not fading. A cause for uneasiness, then, because when I peer out I see that the blazing light is originating from the very place I wanted not to know about, from the very heart of the sound, from a peak just below us. And the radiance comes from millions of glittering scraps of tin in the moonlight. The city of the dead.

Spontaneously, I set forth with all my stupid photos, responding to an impulse that responds, perhaps, to a summons from the sonorous radiance. They are calling me from down there, over to the left, and I answer, and at first I run along the treacherous path and when the path ends I continue on. I stumble, I climb and descend, I trip and hurt myself; to avoid hurtling into the ravine I try to imitate the goats, leaping across the rocks; I lose my footing, I slip and slide, I try to check my fall, thorns rake my skin and at the same time hold me back. Rashly I pull ahead and it is imperative I must reach the city of the dead and leave my face to the mummies. I will place my successive faces on the mummies and then at last I'll be free to go down without fearing stone for I'll take my last photo with me and I am myself in that photo and I am stone.

tr. Margaret Sayers Peden

THE PLACE OF ITS QUIETUDE

EL LUGAR DE SU QUIETUD

EL LUGAR DE SU QUIETUD

"Toda luna, todo año,
todo día, todo viesnto
camina y pasa también.
También toda sangre llega
at lugar de su quietud."
(Libros del Chilam-Balam)

Los altares han sido erigidos en el interior del país pero
hasta nosotros (los de la ciudad, la periferia, los que creemos
poder salvarnos) llegan los efluvios. Los del interior se han
resignado y rezan. Sin embargo no hay motivo aparente de
pánico, sólo los consabidos tirotcos, alguna que otra razzia
policial los patrullajes de siempre. Pero oscuramente ellos
deben saber que el fin está próximo. Es que tantas cosas
empiezan a confundirse que ahora lo anormal imita a lo natural
y viceversa. Las sirenas y el viento, por ejemplo: ya las sirenas
de los coches policiales parecen el ulular del viento, con
idéntico sonido e idéntico poder de destrucción.

Para vigilar mejor desde los helicópteros a los habitantes
de las casas se está utilizando un tipo de sirena de nota tan
aguda y estridente que hace volar los techos. Por suerte el
Gobierno no ha encontrado todavía la fórmula para mantener
bajo control a quienes no viven en casas bajas o en los últimos
pisos de propiedad horizontal. Pero éstos son contadísimos:
desde que se ha cortado el suministro de energía ya nadie se
aventura más allá de un tercer piso por el peligro que significa
transitar las escaleras a oscuras, reducto de maleantes.

THE PLACE OF ITS QUIETUDE

All moon, all year,
all day, all wind
comes by and passes on.
All blood arrives
at the place of its quietude.
(*Books of Chilam-Balam*)

The altars have been erected in the country but the vapors reach us (those of us who live in the city, in the suburbs, those among us who believe that we can save ourselves). Those from the countryside have accepted their fate and are praying. Yet there's no visible motive for panic, only the usual shootings, police raids, customary patrols. But they must be dimly aware that the end is at hand. So many things are so confused now that the abnormal is imitating the natural and vice versa. The sirens and the wind, for example: the police car sirens are like the howling of the wind, with an identical sound and an identical power of destruction.

To keep a better watch on the inhabitants of the houses, a type of siren is being used in the helicopters that is so high-pitched and strident that it makes the roofs fly off. Luckily the government has not yet found the formula for controlling those who don't live in single houses or on the top floors of high buildings. And there are very few of these: since the electricity has been cut off nobody ventures beyond the third floor because of the danger of stairways, the hideout of malefactors.

Como consuelo anotaremos que muchos destechados han adoptado el techo de plexiglass, obsequio del Gobierno. Sobre todo en zonas rurales, donde los techos de paja no sólo se vuelan a menudo por la acción de las sirenas sino también por causa de algún simple vendaval. Los del interior son así: se conforman con cualquier cosa, hasta con quedarse en su lugar armando altares y organizando rogativas cuando el tiempo— tanto meteoro como cronológico—se lo permite. Tienen poco tiempo para rezar, y mal tiempo. La sudestada les apaga las llamas votivas y las inundaciones les exigen una atención constante para evitar que se ahogue el ganado (caprino, ovino, porcino, un poquito vacuno y bastante gallináceo). Por fortuna no han tenido la osadía de venirse a la ciudad como aquella vez siete años atrás, durante la histórica sequía, cuando los hombres sedientos avanzaron en tronel en busca de la ciudad y del agua pisoteando los cadáveres apergaminados de los que morían en la marcha. Pero la ciudad tampoco fue una solución porque la gente de allí no los quería y los atacó a palos como a perros aullantes y tuvieron que refugiarse en el mar con el agua hasta la cintura, donde no los alcanzaban las piedras arrojadas por los que desde la orilla defendían su pan, su agua potable y su enferma dignidad.

Es decir que ellos no van a cometer el mismo error aunque esto no ocurrió aquí, ocurrió en otro país cercano y es lo mismo porque la memoria individual de ellos es muy frágil pero la memoria de la raza es envidiable y suele aflorar para sacarlos de anuros. Sin embargo no creemos que el renacido sentimiento religioso los salve ahora de la que se nos viene; a ellos no, pero quizá sí a nosotros, nosotros los citadinos que sabemos husmear el aire en procura de algún efluvio de incienso de copal que llega de tierra adentro. Ellos pasan grandes penurias para importar el incienso de copal y según parece somos nosotros quienes recibiremos los beneficios. Al menos —cuando los gases de escape nos lo permiten— cazamos a pleno pulmón bocanadas de incienso que sabemos inútil, por si acaso. Todo es

We must add that as consolation many who lost their roofs have had them replaced with Plexiglass skylights, gifts of the government. Above all in rural areas, where the straw roofs frequently fall off not only because of the sirens but also because of windstorms. That's what they're like in the country: they put up with anything, even with remaining where they are and setting up altars and organizing prayer meetings when time and weather permit. They have little time for prayer, and bad weather. The southeast wind blows out their votive candles, and floods demand their constant attention to keep the livestock (goats, sheep, pigs, a very few cows, and a fair number of chickens) from drowning. Fortunately they haven't had the nerve to come to the city as they did seven years ago, during that historic drought, when thirsty men flocked to the cities in search of water, trampling the parched bodies of those who had died along the way. But the city was not a solution either because the city dwellers didn't want them and drove them off with sticks like howling dogs, and they had to take refuge in the sea in water up to their waists, safe from the rocks hurled from the shore by those defending their bread, their drinking water, and their feeble dignity.

They aren't going to make the same mistake; even though this didn't happen here but in a neighboring country, it amounts to the same thing because while their individual memory is fragile their collective memory is enviable and comes to the surface to get them out of difficulties. Nonetheless we don't believe that the rebirth of religious sentiment will save them from what's happening now; it won't save them, but perhaps it will save us city-dwellers who know how to sniff the air for a breath of copal incense that reaches us from the interior. They have great difficulty importing copal incense and we may be the ones to reap the benefits. Exhaust gases permitting, we do our best to breathe great lungsful of incense—we know it's useless—just in case. That's the way everything is now: we have nothing to fear

así, ahora: no tenemos nada que temer pero tememos; éste es el mejor de los mundos posibles como suelen decirnos por la radio y cómo serán los otros; el país camina hacia el futuro y personeros embozados de ideologías aberrantes nada podrán hacer para detener su marcha, dice el Gobierno, y nosotros para sobrevivir hacemos como si creyéramos. Dejando de lado a los que trabajan en la clandestinidad —y son pocos—nuestro único atisbo de rebeldía es este husmear subrepticiamente el aire en procura de algo que nos llega desde el interior del país y que denuncia nuestra falta de fe. Creo—no puedo estar seguro, de eso se habla en voz muy baja—que en ciertas zonas periféricas de la ciudad se van armando grupos de peregrinación al interior para tratar de comprender—y de justificar—esta nueva tendencia mística. Nunca fuimos un pueblo demasiado creyente y ahora nos surge la necesidad de armar altares, algo debe de haber detrás de todo esto. Hoy en el café con los amigos (porque no vayan a creer que las cosas están tan mal, todavía puede reunirse uno en el café con los amigos) tocamos con suma prudencia el tema (siempre hay que estar muy atento a las muchas orejas erizadas): ¿qué estará pasando en el interior? ¿será el exceso de miedo que los devuelve a una búsqueda primitiva de esperanza o será que están planeando algo? Jorge sospecha que el copal debe de tener poderes alucinógenos y por eso se privan de tantas cosas para conseguirlo. Parece que el copal no puede ser transportado por ningún medio mecánico y es así como debe venir de América Central a lomo de mula o a lomo de hombre; ya se han organizado postas para su traslado y podríamos sospechar que dentro de las bolsas de corteza de copal llegan armas o por lo menos drogas o algunas instrucciones si no fuera porque nuestras aduanas son tan severas y tan lúcidas. Las aduanas internas, eso sí, no permiten el acceso del copal a las ciudades. Tampoco lo queremos; aunque ciertos intelectuales disconformes hayan declarado a nuestra ciudad área de catástrofe psicológica. Pero tenemos problemas mucho más candentes y no podemos perder el tiempo en oraciones o

yet we're afraid. This is the best of all possible worlds, as they keep reminding us over the radio, and the way other worlds will be; the country is on its way to the future, and secret agents of aberrant ideologies can do nothing to halt its march, the government says, so in order to survive we pretend that we believe it. Leaving aside those who are working in the underground—there are few of them—our one hint of rebellion is the surreptitious sniffing of the air in search of something that comes to us from the countryside and shows up our lack of faith. I believe—I can't be sure, the subject is discussed furtively—that in certain suburban districts of the city groups of pilgrims are being formed to go to the interior to try to understand—and to justify—this new mythical tendency. We were never fervent believers and suddenly now we feel the need to set up altars. There must be something behind all this. In the café today with my friends—so you won't think we're in really bad straits, I might mention that friends can still get together in a café—very cautiously we touched upon the subject (we must always be careful, since the walls have ears) of what's going on in the interior. Has excessive fear brought them back to a primitive search for hope, or are they plotting something? Jorge suspects that the copal has hallucinogenic powers and they deprive themselves of many things in order to get it. It appears that copal cannot be transported by mechanical means, so it must come from Central America on the back of a mule or a man. Relays to transport it have already been organized and we might suspect that ammunition or at least drugs or instructions arrive inside the bags of copal bark, if it weren't for the fact that our customs officials are so alert and clear-thinking. The local customs, of course, don't permit copal to enter the cities. We don't want it here either, although certain dissident intellectuals have declared our city an area of psychological catastrophe. But we have much more burning questions confronting us and we can't waste time on speeches and lectures

en disquisiciones de las llamadas metafísicas. Jorge dice que no se trata de eso sino de algo más profundo. Jorge dice, Jorge dice... ahora en los cafés no se hace más que decir porque en muchos ya se prohíbe escribir aunque se consuma bastante. Alegan que así las mesas se desocupan más rápido, pero sospecho que estos dueños de cafés donde se reprime la palabra escrita son en realidad agentes de provocación. La idea nació, creo, en el de la esquina de Paraguay y Pueyrredón, y corrió como reguero de pólvora por toda la ciudad. Ahora tampoco dejan escribir en los cafés aledaños al Palacio de la Moneda ni en algunos de la Avenida do Rio Branco. En Pocitos sí, todos los cafés son de escritura permitida y los intelectuales se reúnen allí a las seis de la tarde. Con tal de que no sea una encerrona como dice Jorge, provocada por los extremistas, claro, porque el Gobierno está por encima de estas maquinaciones, por encima de todos, volando en helicópteros y velando por la paz de la Nación.

Nada hay que temer. La escalada de violencia sólo alcanza a los que la buscan, no a nosotros humildes ciudadanos que no nos permitimos ni una mueca de disgusto ni la menor señal de descontento (desconcierto sí, no es para menos cuando nos vuelan el techo de la casa y a veces la tapa de los sesos, cuando nos palpan de armas por la calle o cuando el olor a copal se hace demasiado intenso y nos da ganas de correr a ver de qué se trata. De correr y correr; disparar no siempre es cobardía).

Acabamos por acostumbrarnos al incienso que más de una vez compite con el olor a pólvora, y ahora nos llega lo otro: una distante nota de flauta que perfora los ruidos ciudadanos. Al principio pensamos en la onda ultrasónica para dispersar manifestaciones, pero no. La nota de flauta es sostenida y los distraídos pueden pensar que se trata de un lamento; es en realidad un cántico que persiste y a veces se interrumpe y retoma para obligarnos a levantar la cabeza como en las viejas épocas cuando el rugido de los helicópteros nos llamaba la atención. Ya hemos perdido nuestra capacidad de asombro pero

on so-called metaphysics. Jorge says it's something much more profound. Jorge says, Jorge says... All we can do in cafés nowadays is talk, because in many of them we're no longer allowed to write, even though we keep ordering food and drink. They claim that they need the tables, but I suspect that those café owners who suppress the written word are really agents provocateurs. The idea started, I think, in the café at the corner of Paraguay and Pueyrredón, and spread through the city like a trail of lighted gunpowder. Now no writing is permitted in the cafés near the Mint, nor in some along the Avenida do Río Branco. In Pocitos yes, all the cafés allow writing and intellectuals gather there around 6:00 P.M. So long as it isn't a trap, as Jorge says, set up by the extremists, of course, since the government is above such machinations—in fact, above everyone in their helicopters, safeguarding the peace of the nation.

Nothing to fear. The escalation of violence only touches those who are looking for it, not us humble citizens who don't allow ourselves so much as a wry face or the least sign of discontent. (Of consternation yes, and there's good reason when they blow the roof off the house and sometimes the top of one's head as well, when they frisk us for arms in the street, or when the smell of copal becomes too intense and makes us feel like running to see what's up. Like running and running; acting absurdly is not always cowardice.)

We've finally become used to the smell of incense, which often competes with the smell of gunpowder, and now something else is coming our way: the distant sound of a flute. In the beginning we thought it was ultrasonic waves to break up demonstrations, but that wasn't it. The flute note is sustained,

el sonido de la flauta nos conmueve más que ciertas manifestaciones relámpago los sábados por la noche a la salida de los cines cuando despiertan viejos motivos de queja adormecidos. No estamos para esos trotes, tampoco estamos como para salir corriendo cuando llegan los patrulleros desde los cuatro puntos de la ciudad y convergen encima de nosotros.

Sirenas como el viento, flautas como notas ultrasónicas para dispersar motines. Parecería que los del interior han decidido retrucar ciertas iniciativas de poder central. Al menos asi se dice en la calle pero no se especifica quiénes son los del interior: gente del montón, provincianos cualquiera, agentes a sueldo de potencias extranjeras, grupos de guerrilla armada, anarquistas, sabios. Después del olor a incienso que llegue este sonido de flauta ya es demasiado. Podríamos hablar de penetración sensorial e ideológica si en algún remoto rincón de nuestro ser nacional no sintiéramos que es para nuestro bien, que alguna forma de redención nos ha de llegar de ellos. Y esta vaguísima esperanza nos devuelve el lujo de tener miedo. Bueno, no miedo comentado en voz alta como en otros tiempos. Este de ahora es un miedo a puertas cerradas, silencioso, estéril, de vibración muy baja que se traduce en iras callejeras o en arranques de violencia conyugal. Tenemos nuestras pesadillas y son siempre de torturas aunque los tiempos no estén para estas sutilezas. Antes sí podían demorarse en aplicar los más refinados métodos para obtener confesiones, ahora las confesiones ya han sido relegadas al olvido: todos son culpables y a otra cosa. Con sueños anacrónicos seguimos aferrados a las torturas pero los del interior del país no sueñan ni tienen pesadillas: se dice que han logrado eliminar esas horas de entrega absoluta cuando el hombre dormido está a total merced de su adversario. Ellos caen en meditación profunda durante breves períodos de tiempo y mantienen las pesadillas a distancia; y las pesadillas, que no son sonsas, se limitan al ejido urbano donde encuentran un terreno más propicio. Pero no, no se debe hablar de esto ni siquiera hablar

and to those not paying much attention it may sound like a lament; in reality it's a persistent melody that makes us lift our heads as in the old days when the roar of helicopters drew our attention. We have lost our capacity for amazement. We don't dance to that tune, nor do we break into a run when the patrols arrive from all directions and converge on top of us.

Sirens like the wind, flutes like ultrasonic notes to break up riots. It would appear that those in the interior have decided to borrow certain devices from the central power. At least that's what they're saying on the street, but it's never specified who those in the interior are: riffraff, provincials, foreign agents, groups of armed guerrillas, anarchists, researchers. That flute sound coming on top of the smell of incense is just too much. We might speak of sensorial and ideological infiltration, if in some remote corner of our national being we didn't feel that it's for our own good—a form of redemption. And this vague sensation restores to us the luxury of being afraid. Well no, not fear expressed aloud as in other times. The fear now is behind closed doors, silent, barren, with a low vibration that emerges in fits of temper on the streets or conjugal violence at home.

We have our nightmares and they are always of torture even though the times are not right for these subtleties. In the past they could spend time applying the most refined methods to extract confessions, but now confessions have been consigned to oblivion: everyone is guilty now, so on to something else. In our anachronistic dreams we city people still cling to tortures, but those in the interior don't dream or have nightmares: they've managed, we are told, to eliminate those hours of total surrender when the sleeper is at the mercy of his adversary. They fall into profound meditation for brief periods and keep nightmares at a distance; and the nightmares are limited to the urban community. But we shouldn't talk of fear. So little is

del miedo. Tan poco se sabe—se sabe la ventaja del silencio—
y hay tanto que se ignora. ¿Qué hacen, por ejemplo, los del
interior frente a sus altares? No creemos que eleven preces al
dios tantas veces invocado por el Gobierno ni que hayan
descubierto nuevos dioses o sacado a relucir dioses arcaicos.
Debe tratarse de algo menos obvio. Bah. Esas cosas no tienen
por qué preocuparnos a nosotros, hombres de cuatro paredes
(muchas veces sin techo o con techo transparente), hombres
adictos al asfalto. Si ellos quieren quemarse con incienso, que se
quemen; si ellos quieren perder el aliento soplando en la
quena, que lo pierdan. Nada de todo esto nos interesa: nada de
todo esto podrá salvarnos. Quizá tan sólo el miedo, un poco de
miedo que nos haga ver claro a nosotros los hombres de la
ciudad pero qué, si no nos lo permitimos porque con un soplo
de miedo llegan tantas otras cosas: el cuestionamiento, el
horror, la duda, el disconformismo, el disgusto. Que ellos allá
lejos en el campo o en la montaña se desvivan con las prácticas
inútiles. Nosotros podemos tomar un barco e irnos, ellos están
anclados y por eso entonan salmos.

Nuestra vida es tranquila. De vez en cuando desaparece un
amigo, sí, o matan a los vecinos o un compañero de colegio de
nuestros hijos o hasta nuestros propios hijos caen en una
ratonera, pero la cosa no es tan apocalíptica como parece, es
más bien rítmica y orgánica. La escalada de violencia: un muerto
cada 24 horas, cada 21, cada 18, cada 15, cada 12, no debe
inquietar a nadie. Más mueren en otras partes del mundo, como
bien señaló aquel diputado minutos antes de que le
descerrajaran el balazo. Más, quizá, pero en ninguna parte tan
cercanos.

Cuando la radio habla de la paz reinante (la televisión ha
sido suprimida, nadie quiere dar la cara) sabemos que se trata
de una expresión de deseo o de un pedido de auxilio, porque
los mismos locutores no ignoran que en cada rincón los espera
una bomba, y llegan embozados a las emisoras para que nadie
pueda reconocerlos después cuando andan sueltos por las

known—we know the advantage of silence. What do those in the interior do, for example, in front of their altars? We don't believe that they pray to the god invoked so often by the government, or that they've discovered new gods or resurrected the old ones. It must be something less obvious. Bah. These things shouldn't worry us, we live within four walls (often without a roof or with a skylight)—men addicted to asphalt. If they want to burn themselves on incense, let them; if they want to lose their breath blowing into an Indian flute, let them. None of that interests us. None of that can save us. Perhaps only fear, a little fear that makes us see our urban selves clearly. But we should not allow ourselves to experience fear because with a breath of fear so many other things come our way: questioning, horror, doubt, dissent, disgust. Let those far away in the fields or in the mountains show a great interest in useless practices if they like. We can always take a boat and go away; they are anchored in one spot and that's why they sing psalms.

Our life is quiet enough. Every once in a while a friend disappears, or a neighbor is killed, or one of our children's schoolmates—or even our own children—falls into a trap, but that isn't as apocalyptic as it seems; on the contrary, it's rhythmic and organic. The escalation of violence—one dead every twenty-four hours, every twenty-one, every eighteen, every fifteen, every twelve—ought not to worry us. More people die in other parts of the world, as that deputy said moments before he was shot. More, perhaps, but nowhere so close at hand as here.

When the radio speaks of the peace that reigns (television has disappeared—no one wants to show his face), we know it's a plea for help. The speakers are aware that bombs await them at every corner; they arrive at the station with their faces concealed, so when they walk the streets as respectable citizens, no one

calles como respetables ciudadanos. No se sabe quiénes atentan contra los locutores, al fin y al cabo ellos sólo leen lo que otros escriben y la segunda incógnita es ¿dónde lo escriben? Debe ser en los ministerios bajo vigilancia policial y también bajo custodia porque ya no está permitido escribir en ninguna otra parte. Es lógico, los escritores de ciencia ficción habían previsto hace años el actual estado de cosas y ahora se trata de evitar que las nuevas profecías proliferen (aunque ciertos miembros del Gobierno —los menos imaginativos— han propuesto dejarles libertad de acción a los escritores para apoderarse luego de ciertas ideas interesantes, del tipo nuevos métodos de coacción que siempre pueden deducirse de cualquier literatura). Yo no me presto a tales manejos y por eso he desarrollado y puesto en práctica un ingenioso sistema para escribir a oscuras. Después guardo los manuscritos en un lugar que sólo yo me sé y veremos qué pasa. Mientras tanto el Gobierno nos bombardea con slogans optimistas que no repito por demasiado archi-sabidos y ésta es nuestra única fuente de cultura. A pesar de lo cual sigo escribiendo y trato de ser respetuoso y de no

La noche anterior escuché un ruido extraño y de inmediato escondí el manuscrito. No me acuerdo qué iba a anotar; sospecho que ya no tiene importancia. Me alegro eso sí de mis rápidos reflejos porque de golpe se encendieron las luces accionadas por la llave maestra y entró una patrulla a registrar la casa. La pobre Betsy tiene ahora para una semana de trabajo si quiere volver a poner todo en orden, sin contar lo que rompieron y lo que se deben de haber llevado. Gaspar no logra consolarla pero al menos no ocurrió nada más grave que el allanamiento en sí. Insistieron en averiguar por qué me tenían de pensionista, pero ellos dieron las explicaciones adecuadas y por suerte, por milagro casi, no encontraron mi tablita con pintura fosforescente y demás parafernalia para escribir en la oscuridad. No sé qué habría sido de mí, de Betsy y de Gaspar si la hubieran encontrado, pero mi escondite es ingeniosísimo y ahora pienso si no sería preferible ocultar allí algo más útil.

will recognize them. No one knows who attacks the speakers—after all, they only read what others write. But where do they write it? Under police surveillance and in custody? That makes sense. Science fiction writers foresaw the present state of affairs years ago and the government is now trying to keep new prophecies from proliferating (although certain members of the government—the less imaginative among them—have suggested permitting freedom of action for the writer so as to lift interesting ideas from them). I don't go along with such maneuvers, which is why I've devised an ingenious system for writing in the dark. I keep my manuscripts in a place that only I know about; we'll see what happens. Meanwhile the government bombards us with optimistic slogans that I don't repeat because they 're all so familiar, and this is our only source of culture. Despite which I continue to write and try to be law-abiding and not

Last night I heard a strange noise and immediately hid my manuscript. I don't remember what I was going to jot down; I suspect it's not important anymore. I'm glad I have quick reflexes because suddenly someone turned the master switch, all the lights came on, and a squad of police entered to search the house. It'll take poor Betsy a week to put everything back in order, to say nothing of what they broke or what they must have taken away. Gaspar can't console her, but at least nothing more serious has happened than the search. The police questioned them as to why they had taken me in as a boarder, but they gave an adequate explanation and luckily, as if by a miracle, they didn't find my little board painted in phosphorescent colors so that I can write in the dark. I don't know what would have happened to me, Betsy, and Gaspar if they'd found it all; my hiding place is ingenious and I wonder whether it might not be better to hide something more useful in it. Well, it's too late to

Bueno, ya es tarde para cambiar; debo seguir avanzando por este camino de tinta, y creo que hasta sería necesario contar la historia del portero. Yo estuve en la reunión de consorcio y vi cómo se relamían interiormente las mujeres solas cuando se habló del nuevo encargado: 34 años, soltero. Yo lo vi los días siguientes esmerándose por demás con los bronces de la entrada y también leyendo algún libro en sus horas de guardia. Pero no estuve presente cuando se lo llevó la policía. Se murmura que era un infiltrado del interior. Ahora sé que debí haber hablado un poco más con él, quizá ahora deshilachando sus palabras podría por fin entender algo, entrever un trozo de la trama. ¿Qué hacen en el interior, qué buscan? Ahora apenas puedo tratar de descubrir cuál de las mujeres solas del edificio fue la que hizo la denuncia. Despechadas parecen todas y no es para menos ¿pero son todas capaces de correr al teléfono y condenar a alguien por despecho? Puede que sí, tantas veces la radio invita gentilmente a la delación que quizá hasta se sintieron buenas ciudadanas. Ahora no sólo me da asco saludarlas, puedo también anotarlo con cierta impunidad, sé que mi escondite es seguro. Por eso me voy a dar el lujo de escribir unos cuentitos. Ya tengo las ideas y hasta los títulos: *Los mejor calzados, Aquí pasan cosas raras, Amor por los animales, El don de la palabra*. Total, son sólo para mí y, si alguna vez tenemos la suerte de salir de ésta, quizá hasta Puedan servir de testimonio. O no, pero a mí me consuelan y con mi sistema no temo estar haciéndoles el juego ni dándoles ideas. Hasta puedo dejar de lado el subterfugio de hablar de mí en plural o en masculino. Puedo ser yo. Sólo quisiera que se sepa que no por ser un poco cándida y proclive al engaño todo lo que he anotado es falso. Ciertos son el sonido de la flauta, el olor a incienso, las sirenas. Cierto que algo está pasando en el interior del país y quisiera unirme a ellos. Cierto que tenemos —tengo— miedo.

Escribo a escondidas, y con alivio acabo de enterarme que los del interior también están escribiendo. Aprovechan la claridad de las llamas votivas para escribir sin descanso lo que

change now; I have to keep walking along this path of ink and tell the story of the doorman. I was at a tenants' meeting and saw the single women mentally licking their chops when the new doorman was described: thirty-four years old and a bachelor. In the days that followed I saw him lavishing a lot of extra care on the bronze fittings at the main entrance and also reading a book while on duty. But I wasn't there when the police took him away. Rumor has it that he was an infiltrator from the interior. I know now that I should have talked with him, perhaps I would finally have understood something, untangled some of the threads of the plot. What are they doing in the interior, what are they after? I'd be hard put to say which of the single women in the building turned him in. They all look spiteful and perhaps have reason to, but are they all capable of running to the telephone and condemning someone out of spite? The radio gently urges us so often to inform, that they may even have felt they were doing their duty. I can now write all this down with a certain impunity, since I know I'm safe in my hiding place. That's why I can afford the luxury of writing a few stories. I even have the titles: "The Best Shod," "Strange Things Happen Here," "Love of Animals," "The Gift of Words." They 're only for me, but if we're lucky enough to survive all this, perhaps they'll bear witness to the truth. Anyway they console me. And with the way I've worked it out, I have no fear of playing their game or giving them ideas. I can even do away with the subterfuge of referring to myself in the plural or in the masculine. I can be myself. Only I want it known that even though I 'm a little naive and sometimes given to fantasy, not everything I've recorded is false. Certain things are true: the sound of the flute, the smell of incense, the sirens. It's also true that strange things are happening in the interior of the country and that I'd like to make common cause with them. It's true that we are—I am—afraid.

I'm writing secretly, and to my relief I've just learned that those in the interior are also writing. By the light of the votive

suponemos es el libro de la raza. Esto es para nosotros una forma de ilusión y también una condena: cuando la raza se escribe a sí misma, la raza se acaba y no hay nada que hacerle.

Hay quienes menosprecian esta información: dicen que los de la ciudad no tenemos relación alguna con la raza ésa, qué relación podemos tener nosotros, todos hijos de inmigrantes. Por mi parte no veo de dónde el desplazamiento geográfico puede ser motivo de orgullo cuando el aire que respiramos, el cielo y el paisaje cuando queda una gota de cielo o de paisaje, están impregnados de ellos, los que vivieron aquí desde siempre y nutrieron la tierra con sus cuerpos por escasos que fueran. Y ahora se dice que están escribiendo el libro y existe la esperanza de que esta tarea lleve largos años. Su memoria es inmemorial y van a tener que remontarse tan profundamente en el tiempo para llegar hasta la base del mito y quitarle las telarañas y demitificarlo (para devolverle a esa verdad su esencia, quitarle su disfraz) que nos quedará aún tiempo para seguir viviendo, es decir para crearles nuevos mitos. Porque en la ciudad están los pragmáticos, allá lejos los idealistas y el encuentro ¿dónde?

Mientras tanto las persecuciones se vuelven cada vez más insidiosas. No se puede estar en la calle sin ver a los uniformados cometiendo todo tipo de infracciones por el solo placer de reírse de quienes deben acatar las leyes. Y pobre del que se ofenda o se retobe o simplemente critique: se trata de una trampa y por eso hay muchos que en la desesperación prefieren enrolarse en las filas con la excusa de buscar la tranquilidad espiritual, pero poco a poco van entrando en el juego porque grande es la tentación de embromar a los otros.

Yo, cada vez más calladita, sigo anotando todo esto aún a grandes rasgos (¡grandes riesgos!) porque es la única forma de libertad que nos queda. Los otros todavía hacen ingentes esfuerzos por creer mientras la radio (que se ha vuelto obligatoria) transmite una información opuesta a los acontecimientos que son del dominio público. Este hábil sistema

candles they're writing the book of our people. This is a form of illusion for us and also a condemnation: when a people writes for itself, it is dying out and nothing can be done about it.

Some make light of this bit of information: they say we city dwellers have no connection with people of the interior, that we all descend from immigrants. I don't see how coming from somewhere else can be a reason to be proud when the very air we breathe, the sky and the landscape when there's a drop of sky or landscape left, are impregnated with them—those who have always lived here and have nourished the earth with their bodies. And it's said that they're now writing the book and it's hoped that this task will take many long years. Their memory is eternal and they have to go a long way back in time to arrive at the origin of the myth, dust the cobwebs off it, and demythicize it (in order to restore to the truth its essence, to take off its disguise). They say that we'll still have time to go on living, to create new myths for them. The pragmatists are in the city, the idealists are far away. Where will they meet?

Meanwhile the persecutions grow more insidious. One can't go out in the street without seeing men in uniform breaking the law for the mere pleasure of laughing at those who must obey it.

Though I'm quiet these days, I go on jotting it all down in bold strokes (and at great risk) because it's the only form of freedom left. Others still make enormous efforts to believe the radio, which transmits information quite different from what is already public knowledge. This clever system of contradictory

de mensajes contradictorios ha sido montado para enloquecer a la población a corto plazo y por eso, en resguardo de mi salud mental, escribo y escribo siempre a oscuras y sin poder releer lo que he escrito. Al menos me siento apoyada por los del interior. Yo no estoy como ellos entregada a la confección del libro pero algo es algo. El mío es un aporte muy modesto y además espero que nunca llegue a manos de lector alguno: significaría que he sido descubierta. A veces vuelvo a casa tan impresionada por los golpeados, mutilados, ensangrentados y tullidos que deambulan ciegos por las calles que ni escribir puedo y eso no importa. Si dejo de escribir, no pasa nada. En cambio si detuvieran a los del interior sería el gran cataclismo (se detendría la historia). Deben de haber empezado a narrar desde las épocas más remotas y hay que tener paciencia. Escribiendo sin descanso puede que algún día alcancen el presente y lo superen, en todos los sentidos del verbo superar: que lo dejen atrás, lo modifiquen y hasta con un poco de suerte lo mejoren. Es cuestión de lenguaje.

messages is designed to drive the population mad; to preserve my sanity, I write in the dark without being able to reread what I've written. At least I feel that I'm supported by my fellow countrymen in the interior. I'm not writing a book like them, but it's something. Mine is a modest contribution and I hope it never gets into the hands of readers: I don't want to be discovered. Sometimes I return home so impressed by people who wander blindly in the streets—people who have been beaten, mutilated, bloodied, or crippled—that I can't even write. But that doesn't matter. Nothing would happen if I stopped writing. If the people in the interior stopped writing—history would stop for us, disaster overcome us. They must have begun their story with the earliest times; one has to be patient. If they go on writing they may someday reach the present and overcome it, in all the meanings of the verb to *overcome:* leave it behind them, modify it, and with a little luck even improve it. It's a question of language.

tr. Helen Lane